為什麼一定要一樣？

昆蟲老師吳沁婕與媽媽的非常真心話

吳沁婕、宋慧勤───著

溫柔的力量

番紅花（作家）

娜娜小學三年級時，新接觸的班級導師在與她相處約兩個月後，婉轉建議我帶娜娜去做過動兒檢測。他認為娜娜上課時在教室走動的次數、發言未能先舉手的習慣，再加上數學考試成績不是那麼理想，因此他評估這孩子有過動症的可能。我記得當時站在教室門口的我，毫無準備的面對老師這善意的提醒，情緒是錯愕中還帶著些許難堪與慍意，磚紅色長廊原本迴盪著孩子們下課歡樂奔走如銀鈴般的笑聲，那當下我突然都聽不見了。

畢竟那時娜娜在鋼琴老師的指導下，經過好長一段時間的練習與雕琢，已可以將德布西的〈The Snow is Dancing〉彈得輕靈細膩、韻味獨特，彷彿她真的在雪中漫舞過。她也喜歡關在房間裡畫畫或剪剪貼貼做美勞兩三個小時，還沉迷於恐龍圖解書總是讀得津津有味。她擅長跑步，一直是體育老師最想網羅的校隊成員之一。十歲的她很喜歡在回家的山路上將超大隻的蚯蚓、蟾蜍等被車子輾過的屍體，挪移到旁邊的草叢裡，以免牠們在烈陽下過度曝曬太過殘忍。

娜娜在日常是可以如此長時間集中注意力學習的狀況，因此當老師懷疑她是過動兒時，天下父母心，我的疑惑與惶然，不言而喻，也從那時候起，我才多少能夠去想像、體會家中有個特殊表現、不符合社會主流期待的孩子，所帶給父母的

壓力與焦慮。

因此，當我讀完這本吳沁婕與媽媽共同執筆寫就的成長記錄，內心的感動與波動使我迫不及待的與兩個孩子分享。這可不是一本普通的親子教養書，這本書是複雜豐富的，它涵括了一個愛家虎媽的掙扎與覺醒，一個孩子在家人滿滿的愛裡如何勇於出櫃，一個課業落後留級的中學生如何為昆蟲的志趣力拼大學，以及一個轉系幾乎無望的大學生，最後怎樣奮力一搏，用最誠懇的方式打動系主任，終於轉系成功，開啟他美麗人生的新一步。對青少年來說，這些故事多麼的真誠而激勵。

沁婕與媽媽的文筆是這麼簡單，但每一個生命轉折處，卻讓我充分看到這家庭的淚水與笑容、擁抱與溫暖。她們用溫柔的力量，完整體現了家庭的核心價值。當我讀到沁婕父母為了幫助沁婕剛起步的昆蟲營能夠順利，因此全家分工合作為營隊煮飯的煮飯、布置場地的布置場地、遇到下雨就移師室內、盡力突破擁擠的窘境等等，再回首媽媽曾在沁婕小學時因不解過動的情況而打過她、罵過她，最後終於接納孩子的特質。如果這是一部電影，那它的每一個分鏡都是吳沁婕最常跑往的山上，那寬腹螳螂身上透澤明麗的綠光。

這本書是我今年閱讀經驗裡，最動人、最難忘的真實故事。每一個希望理解孩子的家長，每一個正徬徨於不知如何為夢想奮鬥的孩子，每一個對於自己表現不符合社會主流眼光的大人或小孩，都能夠得到奮進的力量。沁婕說她喜歡自己是過動兒，因為那意味著她具有充分非凡的熱情。生命從來不缺磨難，謝謝沁婕與沁婕媽媽，她們告訴我，磨難是禮物，因為正面思考與愛的力量。

比教養更重要的事

澤爸（專業親職教育講師）

前往演講的高鐵上，翻開了《為什麼一定要一樣？：昆蟲老師吳沁婕與媽媽的非常真心話》這本書，沒想到一看就停不下來，內心的感動幾乎熱淚盈眶。

從小我們被要求只要平順安穩就好，不要特異獨行，所有事情遵循著家規與校規，穿著垮褲、梳個油頭、和女生走近一點立刻被當作異類份子，然後被父母與老師用放大鏡檢視著一舉一動。這個「與大家一樣的日子」只為期許著考上好學校，進到好公司，然後就可以過著幸福美滿的日子，成為人生勝利組。

直到長大，發現人生並沒有因此而勝利，才回頭驚覺：「為什麼一定要一樣呢？」

《為什麼一定要一樣？》書寫著作者沁婕成長過程中，每一個階段與大家不一樣的小故事，而且在同一個故事的背後，沁婕的媽媽也寫下面對自己的孩子與其他人不一樣的心路歷程與轉折。

從不喜歡穿裙子，只喜歡穿褲子、只想剪短髮、發現喜歡女生、高中留級、大學選冷門科系、有注意力缺失過動症以及不喜歡坐辦公室……沁婕的每個自覺，都在顛覆著那個期待與他人一樣的時代，同時也衝撞著沁婕媽媽的複雜自省，一

個希望孩子快樂卻又不希望迴異於他人的複雜；一個坦然面對孩子的一切，調整自我想法的自省。

看完這本書，會想起與父母的過往，還有與孩子的未來，更領悟了「家人之間的關係」比任何教養都來得重要。當孩子與其他人不一樣，又有什麼關係呢？孩子～始終就是自己最愛的那個孩子。

套一句沁婕媽媽在書中所說的話：「身為父母，擔心一定難免，但如果擔心沒有用，就少擔一點心吧！她的路，是她自己在走的。」

那些沒說出口的……

吳沁婕

如果沒有我親愛的媽媽，奇妙的家庭，
我可以百分之兩千的確定，現在的我一定會是個死得很徹底
的死小孩（雖然一點也不小了）。

一直覺得我是個上天派來考驗爸媽的孩子。
這次花了很多的時間跟媽媽聊，
聊到很多我以前的欠揍事、驚人事，真的好想說：
「天啊，我的爸媽，你們是怎麼挺過來的？」
媽媽一邊說，我打開電腦把這些珍貴的心路歷程記錄下來，
然後發現自己很享受這樣的時光，
讓我們把一些放在心底不曾說過的話說出來。

談起很多我們的衝突，
現在我卻只記得媽媽對我的包容，給我的空間。
她曾經對我很生氣、很傷心，
但是她沒有對我說過任何一句傷我或放棄我的話。
看到媽媽看著我的文字紅了眼眶，
好多年幼無知、年少輕狂還歷歷在目，
現在，那些笑和淚都變成了值得。

希望這是一本父母會想要拿給孩子看、孩子會希望父母看的
書，那些沒說出口的，都是愛啊。

是挑戰，也是禮物

宋慧勤

年輕的時候，我以為我的人生

就是嫁一個老公，生一個小孩（誰知道一次還生了兩個）；

孩子也許乖巧文靜，也許調皮活潑，

但不論如何，我會努力提供孩子需要的，並用心好好去照顧

他們，讓生活平穩快樂，卻從來沒想過

原來帶一個孩子可以遇到這麼多的挑戰。

我常說，沁婕可愛的時候像個天使，

欠揍起來讓我很想一頭去撞死，哈哈，

這還真不是玩笑話！

在那個傳統的年代，

她的秩序（沒有秩序），她的常規（亂七八糟），

她的不輕易服從，她的凡事先問為什麼，

在在挑戰了我的原則，

打亂了所有我曾經以為努力就可以做好的事。

所以每當我演講的時候，都會跟家長分享，

我也和大家一樣，一開始也很慌張，

擔心我管教太嚴，又擔心我會不會放掉太多。

有句台語說：「掐怕死，放怕飛。」

我也會在很多時候傷心、自責，

我也懷疑自己是否有足夠的能力去帶好她。

沒有人一開始就會當媽媽，我們都是邊做邊學，

但是現在的我，卻感謝老天送給我這樣一個孩子。
如果不是沁婕，有些事情，也許我一輩子都不會去思考，
我看到的世界，不會像現在這麼開闊。

如果你問我，這一路上最讓我感動的是什麼，
我想，是孩子看著我的一個認同的眼神，
是她對我的信任，是她與我靠近的心，
是看到曾經的擔心一樣一樣在消失，
看到曾經的努力在她的人生中發光發熱，
這就是做父母最大的欣慰。

我們沒有賺大錢，沒有豪宅名車，
但我一直覺得自己的人生是滿的，
我是那個擁有很多很多、很滿足、很快樂的媽媽。

為什麼一定要一樣？

昆蟲老師吳沁婕與媽媽的非常真心話

目錄

媽媽

我的媽媽是一個萬能的超人媽媽。

她在草屯的鄉下長大，一家七口的生活，全靠外公在公路局當司機的微薄薪水。

她一直努力唸書，因為她知道只有努力考上免學費的師專，才有繼續唸書的機會，才可以一畢業就當老師，分擔家裡的經濟重擔。

媽媽從小跟在外婆身邊幫忙大大小小的家事，學到一身厲害的理家功夫，也學到了一手好廚藝。

她平常在學校是充滿活力的小學老師，回到家又可以變身超級主婦，每天弄出一桌好菜，把家裡整理得乾淨漂亮。

我跟妹妹剛出生時，每到假日媽媽都會推著我們去買菜。

我們坐在很拉風的雙人座嬰兒車裡，跟著她穿梭市場買魚、買肉、買青菜。

那時我們住在新北投的小公寓四樓，沒有電梯，媽媽說她買菜回來會把嬰兒車放在一樓，稍微拉個筋，深吸一口氣把我們兩個抱起來，一左一右、一邊一個，一鼓作氣的爬上四樓。中間絕對不能停下來，因為停下來就爬不動了。

接著把我們放進嬰兒床，再下樓把菜提上來；一邊照顧我們一邊又弄出一桌好菜。

小時候我的媽媽可以算是虎媽中的虎媽，她的眼神超級殺，只要看我一眼就可以讓我四肢癱軟。

她非常有原則，說一是一，沒有在跟你什麼倒數三、二、一的。

如果她看你一眼，你還沒有馬上停下手中的動作，這時候她會皺起眉頭，用上排牙齒咬住下嘴唇，這表情會讓人從四肢癱軟變成魂飛魄散；這時如果你還沒有馬上警覺，等她眼睛張大，牙齒把嘴唇放掉，你就……死、定、了。

在那個年代，小孩不乖，打一打也是很合理的。

我媽愛編藤，如果我做了什麼欠揍的事，她會拿著一把木剪上樓，櫥櫃裡有各式各樣粗細的藤條，剪一條合手的下來揍我剛剛好；有時真的太生氣，她還會使出殺球大絕招。

媽媽在學校是桌球校隊，一巴掌打來完全是桌球殺球的標準姿勢，又快又準又有力，根本沒有準備動作，我都是眼睛一黑，臉就飛出去了。

但是記憶中好像也只有我會被殺球。妹妹超級乖，其他人也沒有誰會把她氣成那樣，就是我會讓她氣到一直殺球。

萬能虎媽遇到了欠揍死小孩，挑戰開始。

媽媽

我真的可以算是一個喜歡做家事的人,應該說,我喜歡做所有可以讓這個家裡的人感到幸福的事。

我喜歡把家整理得乾淨漂亮,讓家人回到家就開心,喜歡做一桌好菜看家人吃得津津有味。

沁婕常說:「我媽以餵飽我們家人為樂。」呵呵,這是真的,看著家人幸福也是我覺得最幸福的時刻。

從小我跟著媽媽學到很多。我的媽媽雖然教育程度不高,但是她好聰明,做菜和做家事都很有自己的一套,讓我很崇拜。

那時我們家沒錢買什麼好的食材,但是許多便宜的東西經過她的巧手,就是可以變成美味的菜。

記得隔壁比較富裕的鄰居媽媽不太會做菜,常常買里肌肉來滷,但是里肌肉根本不適合滷啊,滷成一鍋又乾又硬的滷肉,他們家小孩都不吃就拿給我們。媽媽會把肉撕成小塊,用一點醬油和糖加工就

變得非常好吃，結果他們家小孩都跑到我們家來吃滷肉，還吃得津津有味。

孩子出生後，我平常要上課，晚上接了小孩回家還要做家事，很多人問我怎麼可以把這些事都做好？
我想了很久，可能是我的神經比較大條吧，不會擔心太多，孩子有吃飽，尿布有換好，健康安全就好，所以也可以空出時間做一些自己的事。

沁婕、沁妤兩歲以前，我會把她們放在家裡和室的榻榻米上面讓她們自己玩，門打開一個小縫讓我可以看到裡面的狀況，然後我就可以去做菜、打掃，還可以編藤，每一次經過和室時，就探頭進去逗逗她們。

沁婕出麻疹的時候，媽媽擔心我忙不過來，特別跑來我們家想幫我，結果門一打開，她發現我爬很高在洗窗戶，整個傻眼。
我跟媽媽說，沁婕好好的在睡覺啊，有時間就來洗個窗戶囉。

要感謝家裡的長輩不太會給我壓力，所以會做的我就多做一點呀，不會做的就跳過吧。
可以放寬心感覺會輕鬆很多，也可以做得更多。

但是隨著孩子慢慢長大，進入學校，我對於常規的要求，就在脫線的沁婕身上出現很多挑戰。

小時候我們家的經濟狀況並不寬裕，全家人睡在一張大通鋪，從來沒有賴床這件事，因為一早太陽出來，媽媽就會把通鋪的門打開，把大門也打開。

那時左鄰右舍感情好，鄰居可以直接走進來，所以床一定要一早就清空，被子摺得很整齊，脫下來的衣服馬上掛起來。

我和二姊、小妹三個人共用一張書桌，書桌有三個小抽屜，一人一個，可以放自己的東西，那個小小抽屜是我在家裡唯一的私人空間，所以對於沁婕總是亂到爆炸的房間和抽屜，我真的很難理解，也很難接受。

我的爸爸媽媽受過日本教育，對於禮教、應對都很要求，在我們當時的觀念裡會覺得注意整潔、守秩序，這些都是用心就做得好的事，如果沒做好，就是散漫，就是皮，就是欠揍。

剛出道當老師的時候，每次看到那種「散仙」的孩子，我都會覺得：這種駒，就是家裡面沒教好的那種！

結果現在自己生了一個女兒，她的散仙讓我每天覺得全世界都在質疑我這個媽媽，那種內心的煎熬真的是……不知道該怎麼形容。

加上我是學校的老師，很多同事不好意思直接向我告狀，但是沁婕很多脫序的行為還是會輾轉傳進我耳中，常常忍不住就情緒爆發。

我知道身為一個媽媽，我的學習之路才要開始。

爸爸

我的爸爸，在我心目中是一個完美的爸爸；他好像我們家裡的大樹，一直默默支持著我們全家。

爸爸是在雲林北港長大的鄉下孩子，小時候家裡非常非常窮苦，每天下課後就是回家幫忙種田，累了一天也沒有飯可以吃，只能吃曬得乾乾還會被雞拉屎很難吃的地瓜籤；一條煮得很鹹的小魚配著地瓜籤要吃一整天。

我的爺爺在爸爸很小的時候就過世了，還好在小學當老師的二伯父很辛苦的把弟弟妹妹拉拔長大，督促大家認真唸書，讓爸爸長成一位刻苦耐勞又上進的優秀青年。

優秀青年的口碑在村裡傳開，爸爸就在媒人大力推薦下，介紹跟媽媽認識。

爸爸第一次和媽媽約會就帶她去吃非常經濟實惠的快餐，擄獲了媽媽不愛浮誇的心。而一臉老實古意的爸爸，拿起吉他自彈自唱超厲害，瞬間從古意青年變成浪漫少年兄。數理頭腦很好的爸爸還打了一手好橋牌，成功抓住了媽媽的少女心。

大家都說忠厚老實的爸爸是郭靖，精明有氣勢的媽媽是黃蓉，一對天造地設的金童玉女就這樣共結連理。

爸爸平常很認真工作，擠出很多時間帶我們出去玩。他對自己很省，但是很捨得花在我們身上。

他吃飯的時候都會先問我們愛吃什麼，然後專挑我們不愛吃的那道，把吃不完的通通吃掉。

他會陪我跑步、翻滾、爬樹、打籃球、打棒球，還在游泳池邊露出六塊腹肌嚇死人。

My Dad

他會拔草、種花、洗碗、掃地、晾衣服，做所有的家事。雖然廚藝不是很通還是學會了煎蛋餅，當媽媽不在的時候幫我們做早餐。

他每次餵狗狗都會害狗狗打架，因為他在狗狗們都餓到流口水的時候，還是堅持要細心的攪拌飼料。

雖然他是鄉下長大的道地台灣囝仔，但很喜歡吸收新知。在三十年前，我和妹妹剛出生不久，媽媽跟他討論到對婚前性行為的看法，他就耿直誠懇的說出：「記得戴保險套就好！」當時他差點嚇壞媽媽，但也因此讓媽媽可以無後顧之憂用開明的觀念來養育我們。

每次媽媽想偷偷原諒我們，但是又不能破壞原則時，就會叫我們拿著棍子去找爸爸。爸爸會用他裝很兇但是其實一點都不兇的臉、裝

很大力但其實一點都不痛的力氣打我們兩下。

當我惹媽媽生氣，讓她煩惱時，爸爸會給媽媽最大的支持；當我讓媽媽傷心難過，爸爸的肩膀一定會給她哭。

Sorry～最親愛的爸爸！

我第一本書裡寫到他的篇幅不多，但爸爸說：「不用特別寫啊～」

他不會跟我們說什麼很厲害的話，他用他的肩膀告訴我們什麼是好爸爸。

爸爸

可以嫁給我先生，沁婕、沁妤的爸爸，是我這輩子做過最棒的其中
一件事。

嫁給他的時候，我們兩個都很窮，沒有嫁妝也沒有聘金，兩個人去
買了一對簡單的白金戒指交換。
那時長輩要我們去買些金飾，婚禮才好看，可是我們覺得不需要，
我跟先生說，把錢留著吧，之後還要存錢買房子。

婚後我們認真存錢，看中了北投一間預售屋，就在付了房子頭期款
之後，我被娘家的親戚倒債了，準備好要買房子的錢、家裡裝潢的
錢，全都沒了，還要償還沉重的債務。
那時好辛苦，我每天下課之後要到處兼家教還債，先生也跟著我辛
苦，我們不停標會來還錢，每個月又被會款追著喘不過氣。但是，
他從來不曾對我說過一句重話，不曾有過任何埋怨。
我總是記得，他陪著我，無怨無悔的度過那段苦日子。所以之後，
不管有任何小摩擦，只要想起他為我做的、他的寬容，真的什麼情
緒都不會有了。

在我們那個年代，女人回家就是要負責所有家事，男人如果幫忙，
並不會得到讚賞，反而會被認為有點弱。但是我先生從來不這樣覺
得，每次他下班回家，不管多晚，只要看到我還在做家事，他一定
會來幫忙。

他也會陪我去逛街買衣服，會很認真的幫我挑、幫我看。

跟他去買衣服，本來買不下手的都會買了，因為他總是說：「不錯啊，好看就買～」

他對自己卻很省，常常只看便宜的衣服，都要我很認真的拜託他說：「已經當上主管了，至少穿衣服要注意一下。」他才肯花錢買好一點的衣服。

他雖然工作忙，但是對孩子的付出完全沒有保留。每到假日我們都會帶孩子往野外跑，到處去玩，他從來不嫌累。

記得有一次他禮拜六加班，下班之後很晚才回來，我問他去哪裡，他拿出了兩個棒球手套。原來沁婕說她想玩棒球，所以他下班後就自己跑去運動用品店，細心的挑選了適合孩子的手套，還幫沁妤挑了一個左手專用的，一有空就帶他們去公園傳接球。

他對孩子的用心，真的都讓我很感動。

在教育方面，他也非常支持我。他覺得教育是我的專業，因此完全尊重我，給我空間。

我們有共同的默契，希望不要在孩子面前表現出對事情不同的看法，所以只要一方講出口的事，另一方就會配合，事後再來溝通。

平常我就是家裡的黑臉，他是白臉。

因為他工作忙，跟孩子相處的時間比較少，所以有機會時，我會做球給他，例如我心軟想要原諒孩子的時候，就會要他們去找把拔，因為我知道他一定捨不得用力打孩子；我很希望孩子想到把拔的時候，可以想到他的好。

謝謝我的超完美先生，他一直是我最大的力量。

謝謝他帶給我們的幸福，最喜歡看到我們一家幸福的樣子了。：）

妹妹

如果世界上有「最不像雙胞胎」的比賽，我跟我妹應該怎樣都可以上台領獎吧。

我們兩個不管外形或個性，都在光譜的兩端。

她雙眼皮，我單眼皮；她自然捲，我直髮；她左撇子，我用右手；她愛吃蛋白，我愛吃蛋黃；她文靜怕生、不善表達，我活潑外向、超愛講話；她的房間總是整齊乾淨，我的房間永遠亂到爆炸；她是個甜美可愛的洋娃娃，我有個怎樣都想帥的過動靈魂。

因為有這麼多的不同，我們從小就非常互補，但是嚴格來說，她補我比我補她多很多很多很多很多。

我最會幫她的就是搶著回答她會回答的問題，和偶爾運用蠻力幫她處理欺負她的男生。

而她則是妹代姊職，從小就處處照顧我，cover 我，撿我四處掉落的東西，幫我看公車來了沒，提醒我上學要遲到了不要再跟路邊的狗狗玩，在我犯錯被處罰時幫我求情。

很多人看了我的第一本書後跟我說：「你妹真的好可憐喔！」

我都會回答：「可是可憐的都還沒寫進去耶。」

小時候，所有的東西爸爸媽媽都會買給我們一人一套，但是我的一定會先掉。每次我的掉了，就只好跟妹妹借。她人很好，都願意借我東西，但是我會把她的也弄掉。

掉了幾次之後，她生氣的說：「厚！……再也不要借你了啦！」

不過下次我一拜託，她又心軟的借給我。

有一次，我終於順利在時間內把跟她借的橡皮擦還給她，但是她一點也不開心，因為她跟我說，那塊橡皮擦根本就不是她的。

我才發現，我應該是把她的東西不知道還給誰了吧。

那不是我的...

二年級的時候我們同班，所以每天聯絡簿上抄的功課都會一模一樣。有時我貪玩寫不完，等到晚上要拿功課出去客廳給媽媽檢查時，都會在房間裡緊張到全身冒大汗，這時我就會拜託妹妹，跟我一起把寫不完的那項功課從聯絡簿上擦掉。

她會淚眼汪汪的說：「你真的很討厭耶……」還邊說邊擦。

高年級的時候，我在四班，妹妹在七班。每次我打噴嚏超大聲，我妹她們班上都聽得到，她就會很尷尬的跟旁邊同學說：「哈哈，是我姊……」

哈啾～

是我姊…

那時我開始會跟著班上的男生說髒話，三字經五字經超流利，不管媽媽怎麼跟我說這樣很難聽，但那時就覺得這樣講起來很帥。

記得有一次媽媽當導護老師，朝會的時候她在司令台上對全校同學說：「小朋友，不要說髒話喔，真的很不好聽！」

站在我妹旁邊的男同學跟她說：「可是你姊都說髒話耶！」

我妹默默的不知道要回他什麼，直到長大後，她才跟我說當時覺得好丟臉。

雖然給她惹了這麼多麻煩，但我們一直是好朋友。

我們從小就一起啊，什麼都在一起。

我愛說話，什麼都可以說得口沫橫飛，妹妹是最忠實的聽眾。

我會發明很多怪怪的遊戲，不管多奇怪，妹妹一定會跟我玩。

雖然她不喜歡誇獎我，因為她說我會看起來太得意，但是我知道，

其實她都會跟同學說她姊姊很厲害。
我比賽的時候她會好認真的幫我加油。

如果有人罵她，我會超生氣的說不要罵她，我妹妹最乖了。
雖然我常常惹她哭，但是如果別人把她弄哭，我也會很心疼。
她是我最親愛的妹妹啊，她一直是我最親愛的雙胞胎妹妹。

妹妹

沁婕和沁妤是一對異卵雙胞胎。她們外表很不同，個性也天差地遠。面對這樣的不同，我期許自己，盡量做到不去比較，讓孩子適性快樂的長大。

沁婕善於表達，從小就好會講話，常常看她一個人嘰哩呱啦就和路人聊了起來，然後把妹妹想講的話都講完，後來妹妹乾脆不講話，每次在姊姊旁邊就靜靜的看姊姊說。

我們都會提醒沁婕：「人家是在問妹妹啊，可不可以讓妹妹自己回答呢？」

她才不好意思的笑笑，讓妹妹說。

沁婕是一個超級樂觀的人，她的想法常常天馬行空飛很遠，信心多到滿出來，所以我們會盡量把她拉回現實，希望她做事情前要考慮清楚。

沁妤就完全相反，她做事情前會想很多，有時候比較缺乏信心，我們就會鼓勵她多去嘗試。

沁婕從小就很會為自己爭取東西。記得她一年級的時候，放學時經過鞋店看到一雙喜歡的運動鞋，竟然寫了一封文情並茂的信放在我們床頭，告訴我們那雙鞋有多好看、她有多喜歡，希望我們能買給她，這樣她做夢也會笑。

我跟她爸爸看了一直笑，但是我們覺得，孩子知道用方法去為自己爭取事物是很棒的一件事，所以那一次，我們買了那雙鞋給她，沁婕開心得又叫又跳。

妹妹知道了就嘟著嘴說：「好好喔，我也想要……」

我跟她說，你也可以試試看啊，如果遇到想要的東西，也可以自己去跟把拔說說看，反正大不了就沒有啊，也不會有損失，對不對？

卸下擔心，沁妤慢慢的也開始懂得為自己爭取。

沁婕常把妹妹的東西弄丟，久而久之，沁妤就會淚汪汪的來告狀。

我會抱著她，聽她說，讓她知道媽媽知道她一定很生氣。

我也告訴她：「東西是你的，如果你願意借姊姊，媽媽會很開心；如果覺得不想借她，也沒有關係。姊姊沒有把向你借的東西保護好，她應該要負責任。」

記得小時候，我的零用錢只有一點點，存了好久的錢終於可以去文具店買一把小剪刀回家來剪紙。我好開心，每天剪紙完，我都小心的把小剪刀收在我的小抽屜裡。

有一天我打開抽屜，發現剪刀壞掉了，原來是妹妹偷偷拿去用，把它弄壞了。

我委屈的跑去找媽媽，但是媽媽不但沒有安慰我，還兇了我一句：「你借她是會死喔！」

到現在想起這件事，我還是會忍不住紅了眼眶，所以我會一直提醒自己，絕對不要讓孩子感受到這樣的委屈。

有時孩子起了爭執或是有情緒的時候，我會跟她們說說對方的好。

在妹妹淚汪汪說姊姊講話很討厭時，我跟她說：「姊姊有時候講話

比較急，但是她其實很愛你，像上次有同學誤會你的時候，她就第一個跑出去要幫你解釋，對不對？」

在姊姊氣呼呼的說妹妹怎樣不應該時，我跟她說：「妹妹常常借你東西，你弄丟了她還是願意借你，她真的對你很好呢～」

對她們這麼說的當下，我都可以感覺到，她們的情緒平靜了許多。

兄弟姊妹之間，爭執吵架難免，但是，看到她們又開開心心玩在一起，看到她們互相照顧、互相安慰，就是做父母最欣慰的時刻。

有一天，沁婕在吃飯的時候對我說：「我都跟我同學說，我爸爸媽媽對我和妹妹一樣好，一點都不會偏心喔～」沁妤在一旁點頭。

她們可能不知道，這一句話，讓爸爸和媽媽有多麼多麼的感動。

受傷

從小，我就是個整天受傷的小孩。

雖然好像很幸運的沒有什麼真正太嚴重的傷，但是各種很蠢、很扯、很離奇的狀況常常驚人上演。

我真的不知道為什麼我會這樣。整天受傷的小孩都不會知道我們到底是怎麼受傷的。

小時候第一次去的大飯店，是臺北的華泰大飯店。飯店裡華麗氣派的裝潢、想吃什麼就拿什麼的buffet，讓我們每次去都好開心。而最讓我期待的，是大廳的玻璃旋轉門。

亮晶晶的玻璃旋轉門，每個人都要抓好時間走進去。有幾秒鐘的時間，會好像進到一個自己的空間裡，然後走出來又是另一個世界，超級好玩！

有一次吃完飯我們要離開時，我突然想要挑戰：在旋轉門關上的前一刻，像馬蓋先一樣在千鈞一髮之際溜進去。

我看著旋轉門，拔腿開始加速，聽到身後媽媽大聲叫我，但是我已經啟動，沒有什麼能讓我停下腳步。

結果就在這千鈞一髮之際，悲劇發生了……

我的大頭被旋轉門夾個正著。

一陣劇烈的疼痛襲來，我
也忘記自己是怎麼通過那
個門的。

總之，之後我所能搜尋到
的畫面只剩下疼痛，那個可
怕的疼痛，好像一百個人用
拳頭用力的從兩邊一起轉你
的太陽穴。

我不敢哭，一直努力的大步往前走，用一個非常有事的臉裝作沒事
的樣子。

直到媽媽走過來悠悠的說了一句：「夾到了齁……」

我才盡情讓臉扭曲，放聲大哭：「哇～～～真的好痛啊～～～～」

夾到了齁...

小四的時候，我們去墾丁參加潮間帶生態之旅。

我開心的在高高低低的珊瑚礁岩上跳躍，找尋潮間帶的小生物，耳邊聽到老師大聲說：「小朋友，珊瑚礁很尖，要小心不要摔倒喔。」就在這時候，我摔倒了……

我的右膝蓋整個跪進珊瑚礁岩裡，一陣劇痛。我抱著自己的膝蓋咬牙用力忍著。

我看到我的膝蓋破了個很深又很花的洞，看起來很恐怖。

後來的兩天，我的行程只剩下休息和擦藥，哪都不能去。每天咬著牙擦藥，看著大家在海水裡大叫大笑，我真的傷心到要昏倒了。這是我期待了一整個暑假的墾丁之旅啊。

因為真的太傷心了，我把手背在背後用一種自以為在拍戲的憂鬱姿態，含淚在沙灘上一跛一跛的散步，在我媽的面前走來走去。

我媽氣死了，她大聲對我吼：「不要故意讓我看到你的臉，你不能下水！！」
我只好更哀怨的去旁邊玩沙……

回到臺北後，傷口結了一個好大的痂，我又在每次快要好的時候摔倒或撞到，它又繼續流血結痂。
忘記過了多久，久到我以為它應該永遠都不會好了，現在它是我膝蓋上一個最醒目的疤。

有一次暑假我們去嘉義橋子頭，媽媽跟我說：「如果這次到回家之前你都沒有受任何傷，媽媽就給你五十元！」
五十元耶，對當時每天只有十元零用錢的我們來說，是一筆非常豐厚的獎金。所以那次的假期，我小心的穿上鞋子，不打赤腳，騎腳踏車轉彎都會提醒自己要減速，不隨便撲倒在田裡，也沒有爬樹。
終於到了回家的前一天晚上，我想著應該可以領到五十元獎金了，心裡一時鬆懈，開始在院子鐵皮屋頂下堆疊的貨物箱爬上爬下。

突然一個轉身，一陣刺痛，我被一個從屋頂鐵架上垂下來的鐵絲鉤子鉤住了眼皮。

我忍著痛，揮舞著雙手想要平衡，全身的支點剩下一個被鐵鉤鉤住的眼皮和墊起的腳尖。這到底是一個怎樣恐怖的畫面。

雖然從小凸鎚的經驗豐富，還是覺得我這次應該完蛋了……

這時，我聽到妹妹大叫：「鉤住了！鉤住了！姊姊的眼睛被鉤住了！！！」

一陣桌椅碰撞聲，大人都衝了出來，我已經蹲在地上搗著眼睛。

「張開我看看，有沒有怎樣？」我聽到媽媽說。

我張開眼看到大家緊張的圍著我看。

咦？我還看得到？！好像只有眼皮裡面一點點痛痛的耶。

到現在我還是難以理解這是怎樣的一個情形。我到底是怎麼下來的？如何可以一轉身就被一個鐵鉤鉤住眼皮裡面，但是完全沒有傷到眼睛？

這根本比扯鈴還扯！

媽媽拿著水管幫我把眼睛沖一沖，就叫我趕快上床去睡覺。

躺在床上時，媽媽輕輕摸了我的頭。

「媽媽，眼皮裡面一點點受傷也算受傷嗎？」我閉著眼睛說。

「你說呢？」媽媽輕輕敲了我的頭。

終究，我還是沒能領到媽媽的五十元獎金。

感謝上天給了我一個漏洞的腦，但是總是小心的眷顧著我，還給了我很多一輩子講不完可以讓我寫書的離奇故事⋯⋯

受傷

從小，沁婕的身體真的可以用「體無完膚」來形容，隨時好像都會有新的傷口，舊的還沒好，新的又來。

因為她走路時腳總是不抬高，又容易恍神，該看的都沒有看到，然後常常想到什麼就做什麼，完全沒有經過大腦。

當時幾乎整天都要被她驚嚇，上天真的是派她來鍛鍊我的勇氣。

記得沁婕四歲的時候，有一次我帶著她跟沁妤，和朋友的家庭一起出去玩。

朋友攔下一輛計程車，讓孩子們先上車。就在我要過馬路上車時，沁婕不知道想到什麼，突然從車上跑下來，朝我衝過來。

這時有一輛車速度好快，往她的方向開去，然後緊急煞車，她消失在我的眼前……

媽媽～

我聽見了自己失控的大叫聲：「啊～～～～～～」
我用盡全身的力量大叫，全世界好像都停了下來。

這時，我看到一個頭從車頭前面慢慢露出來，車子開走。

我衝過去抱住她，看到她一臉不知道發生什麼事的樣子，我把她緊緊抱進懷裡，抱得好緊好緊，覺得自己的心快跳出來了。

那一刻，我真的以為失去她了，我這輩子從來沒有這麼失控的大叫，好多念頭在我腦袋裡閃過，我真的以為我要失去她了，直到她又好好的在我懷裡……

「你幹嘛啦！？」 等我回過神來，忍不住問她。

「我……我想到一件事要跟你說，但是，現在忘了……」 她結結巴巴的說。

在她的世界裡，每一件事都是這麼的緊急，但是我只想說：「死小孩，可以不要再這樣嚇你媽了嗎？」

有一年暑假，和學校同事約了一起帶孩子去墾丁玩。

其實暑假前我才剛開完刀，身體還很虛弱，原本想要取消這次的旅行，但是沁婕一直拜託，說她好想要去。

看著她渴望的眼神，好吧，我決定拼了。

結果第一天，我們在潮間帶觀察生物時，突然聽到朋友叫我，跟我說沁婕摔倒了。

我走過去一看，差點沒昏倒，她的膝蓋一整個血肉模糊。可能因為身體還虛弱，我感到一陣暈眩，同事扶著我到旁邊休息。

我心想，現在是什麼情形，真的有一天被我女兒嚇昏了是吧……

那時醫學資訊沒那麼發達，附近也沒什麼醫院，雖然傷口很大，還是覺得擦擦藥好好休息就好了。後來的幾天，每天早晚幫她換藥，

還用雙氧水清傷口。

看沁婕抱著自己的膝蓋痛到臉都扭曲了，卻忍著沒有吭一聲，真的好心疼，但是都傷成這樣了，看到大家去玩水，她竟然還是想下水，還讓我看到她哀怨的臉，真的好想揍她……

後來回到臺北，她又不停的撞到、摔到，讓結痂的傷口反覆不停受傷，到了忘記第幾次，我整個爆炸對她大吼：「你到底會不會好好走路啊？！！會不會？！！」

看她一臉無辜的樣子，還有那又在流血的傷口，我的一肚子氣只能逼自己讓它蒸發……

不過也只能這樣啦，做父母的不可能保護孩子一輩子，我們也保護不了，但還是希望他們可以開心的玩，開心的去享受這個世界。

「腳抬高，要看路，想一想再做！」我所能做的，就只有多多提醒，只希望每次的疼痛和傷疤，可以讓她多學到一點點，我也少驚嚇一點點。

我們都有我們的功課啊。

失控

想起小時候常常被媽媽揍，因為常常無法做到我答應媽媽的事。

其實被揍當然很痛，我也是真的很害怕，可是有時候就是沒有辦法。尤其進了小學，規範開始愈來愈多，問題也都來了。

小學一二年級放學之後，媽媽都會讓我們留在學校辦公室寫功課，寫完就可以出去玩。雖然功課不多，但是我太想去玩了，所以常常玩到媽媽要帶我們回家前，才趕快跑回來假裝在寫功課。

媽媽問我：「功課寫完了嗎？」

我就緊張的騙她說：「寫完了～」其實知道回家就完蛋了。

然後回到家，媽媽在客廳等著我們把今天的功課拿出去給她檢查時，我在房裡嚇到滿身大汗、胃好痛。

好了嗎～

等真的無法再拖，才拿著寫不到一半的功課出去。當然，就被媽媽狠狠揍一頓。雖然這麼恐怖，但只要一想玩，又會都忘光光，然後下次又一樣在房間嚇到全身流汗、胃好痛，再被媽媽揍一頓。

小學三年級的時候，媽媽和一群學校的老師幫我們這群老師的小孩開了一堂課後的植物課。因為植物本身就不太會動，而這個教植物的老師，他本身也滿有一種……植物的感覺。

其實他人很好，是一個年輕的男老師，我們下課很愛跟他玩，但是他上課真的讓我覺得有點無聊，常常聽十分鐘就會坐不住。這時我就會覺得要跟老師、同學講些更好笑的事，要出來炒熱氣氛。
結果大家都跑去跟我媽告狀。

我媽當然超級生氣，她對我下了最後通牒，跟我說再一次這樣被告狀，我就完蛋了！我馬上說好，我不會再這樣。
我覺得像我這種控制力不好的小孩，當我聽別人在講我的事時，都會有一種像是在聽別人的事的感覺，覺得自己有點靈肉分離。
我都會想說：「欸……這個孩子怎麼會這樣子呢？」

這孩子
怎麼會這樣啊…

可是這個孩子就是我啊。我知道不能上課講話，講話要舉手，卻不知道自己做出來就是這個樣子。

於是那天我就很有信心的答應我媽了。但是下個禮拜又是一模一樣的課，一模一樣的老師，所有的情況就又一模一樣的發生了。

那是一種好像失憶的感覺，我完全忘記上個禮拜我媽說過什麼，我答應了些什麼。

直到下課我媽來接我們，笑笑的問說：「今天有沒有乖啊？」我才覺得全身很熱，因為我想起來今天好像還是被老師叫到很多次。

有沒有乖啊？

我趕快說有有有，我今天很乖，但是小朋友最誠實了，我妹第一個說：「哪有啊，姊姊今天又被老師叫到很多次～」

「對啊，吳沁婕又……」「吳沁婕又……」「吳沁婕又……」
旁邊的小朋友開始你一言我一語的接龍，然後我又是眼睛一黑，臉就飛出去了。

那次媽媽是完全的失控，她打我打到走廊上的老師、小朋友都傻眼。很多老師去拉住媽媽要她不要再打了，她還把我抓過來再打。我很害怕的一直哭，看到自己的媽媽失控，真的令人很害怕。

那天媽媽開車載我跟妹妹回家時，我一個人靠在車窗邊不停的流眼淚。我覺得好丟臉，大家都看到我被媽媽打成這樣，我不想再看到他們，那些看到我被打成這樣的人，我都不想再看到他們。

回到家，媽媽就進房間鎖門，我一個人坐在客廳腦筋一片空白，直到天黑，才聽到媽媽開門出來的聲音。

我看到她在哭。

我看過媽媽生氣、很生氣，但是沒有看過她哭。

她走過來坐在我前面問我說：

「你可不可以教教我？」

「你可不可以教教媽媽，我到底應該怎麼教你？」

「我有沒有很認真教你？」

「你知道我打你，我比你還要痛嗎？」

「你可不可以告訴我，我要怎麼去跟其他老師說，為什麼我的女兒會一直這個樣子？」

但是我一句話都回答不出來。

我看到媽媽很難過，我知道是我害她難過的，可是我真的不知道，為什麼我會一直這個樣子……

失控

對於沁婕的常規要求，遇到愈來愈多困難。

我並沒有對她比較嚴格，我用和沁好一樣的標準去要求她，我用和她同年齡孩子一樣的標準去要求她，她卻常常做不到，這讓我陷入了許多複雜的內心衝突。

有一次，好朋友帶小孩來家裡玩，下午時我們讓孩子進房一起睡午覺，中間我進去看，發現大家都睡了，就她還醒著，一直動來動去。我提醒她趕快睡，她跟我說好，但是再進去提醒了她幾次，她還是不肯睡，一直很清醒的在床上動來動去。

我好氣，氣她為什麼就是講不聽。我知道她明明平常不會這樣，為什麼朋友來的時候就變了。

這讓我很尷尬，於是我把她抓出來用藤條打了幾下。

那次她沒有哭，只是張大眼睛看著我，我知道我打她其實很痛，但是她一聲都沒有吭的一直看著我。她的表情讓我愣住了。

那一整天，我一直看到她大腿上一條一條腫起來的痕跡，覺得心好痛，想著自己到底為什麼會這樣打孩子？

我對於她一直答應我，卻一直做不到，真的很不能接受。

我會覺得你把我的話當什麼？把我的威嚴放在哪裡？

但是隨著處罰愈來愈重，很多情況卻沒有改善，我開始迷惑了，難道我還要再繼續這樣下去嗎？

沁婕三年級時，我們一群同事請了學校有植物專長的年輕老師幫我

們這群老師的孩子開了課後的植物課。

本來想說沁婕喜歡大自然，應該會對植物很有興趣，想不到上沒幾堂課，好多孩子來跟我告狀，告狀的內容讓我很難堪。

「吳沁婕都不舉手就講話！」

「吳沁婕上課一直打斷老師，老師都不知道該怎麼辦！」

「吳沁婕好吵，大家都不能好好聽課了！」

「吳沁婕……」

常規是我最最在意的部分，如果我孩子的行為會去干擾別人，我更是不能接受。所以我很嚴正的再三警告沁婕，不能再發生這樣的狀況，她也明確的答應了我，我以為至少她會改變一些。

想不到隔週跟著一群同事去接孩子下課時，迎面而來的又是一句一句的告狀，一句一句話像一拳一拳般重重打在我臉上。

為什麼……為什麼你可以上禮拜才答應我，這禮拜又這樣？

我全身發熱，所有累積的情緒完全爆發，那一次我是真的失控了。

回到家我把自己鎖在房間裡哭了很久，才走出來跟她說話。

「你可不可以教教我？」

「你可不可以教教媽媽，我到底應該怎麼教你？」

「我有沒有很認真教你？」

「你知道我打你，我比你還要痛嗎？」

「你可不可以告訴我，我要怎麼去跟其他老師說，為什麼我的女兒會一直這個樣子？」

我把心裡的很多無助問了出來，但是問完她之後，看到她紅腫的

臉，看到她一臉茫然的樣子，我忍不住抱著她一直哭。

我不要再這樣下去了，不管原因是什麼，我發現了一件很重要的
事：她不是故意的，她不是要故意挑戰我，不然她不會這麼害怕、
這麼茫然。

我知道我的所學還不足以帶這個孩子。

如果孩子改變不了，就由我來改變吧。

改變

從那天之後，媽媽真的沒有再打過我。我一直很感動媽媽為我做的調整和改變。

大家現在看到我媽，一定無法想像她以前殺球的樣子。她現在就是慈眉善目到一個師姐等級的祥和面容。

我媽說如果有帶過我這種死小孩，有成功度過，就會成為師姐。師姐的很多智慧也常會跟我分享，尤其我現在自己在當老師，真的覺得很受用。

媽媽常常跟我講一句話，我非常喜歡，她說：「沒有人想要做不好。」對啊，如果一個人可以做到被肯定，到底有誰想要故意被否定呢？

當我想到這句話，不管我面對的是大人或是小朋友，我不會再覺得對方是針對我、故意惹我或挑戰我，我的很多情緒就會不見了。

當情緒拿掉，要解決問題，一切真的會容易很多。

但是，難道我們就完全不需要給孩子規範嗎？當然不是這樣。

我媽以前很介意我房間很亂，因為她覺得那樣很難看，尤其是客人來的時候。後來她了解我之後，就 open mind 了。

她有一個原則我很喜歡。她說：「你房間亂沒關係，至少門關起來，不要淹出來，不要淹到公共空間。」

哈哈，我也覺得這點非常重要！

這個原則就是：不能影響到別人。

今天如果我房間很亂，我沒有影響到別人，可不可以就讓我自己亂呢？反正很難看我自己看，找不到東西我自己負責。但是當我們影響到別人，那又是另一回事了。

我也會把這個原則用來帶班級。

如果我的班上有一個孩子，他做了一件事影響到別人，不管這是什麼事，背後的原因是什麼，我一定會馬上處理。因為每個人都有他的權利，不應該被侵犯，而且如果我們不去處理，其實這個常影響到別人的孩子人際關係也會不好，大家對他會有很多的情緒。不能因為他的控制力比較弱，就放任他。

我也希望我可以去看到每個孩子的不同，細心觀察，看到孩子的努力。例如今天有一個孩子上課被我叫到八次，但是下次上課他只被我叫到六次，其實他就是進步了兩次啊，我會抓住這個機會鼓勵他，告訴他老師有看到他的進步。

如果我們堅持一視同仁，對於控制力比較差的孩子總是只有糾正和指責，到最後這個孩子可能就放棄了，因為他會覺得不管怎麼努

力，都不會有人看見。

如果我們可以帶出孩子的態度，讓人看見他願意體諒別人，願意努
力去避免影響別人，那麼其他人也會更願意體諒他。
這也是讓孩子知道，每個人都有比較強和比較弱的地方。我們要去
認識和我們不同的人，了解大家都會有需要被體諒的時候。
這樣自發的同理心，比嚴格的規定和處罰更有效，班級的氛圍也會
快樂而正向。和不同的人相處，是最棒的生命教育。

感謝媽媽的智慧帶給我好多，長大之後我也常跟媽媽聊起那段被她
揍的日子。
很多人問我說：「你那時候有生媽媽的氣嗎？有對媽媽失望嗎？」
我真的想不起來，我想得到的是更多更多她對我的好和包容，還有
給我的空間。

她讓我看到她的生氣、她的傷心，但是她沒有說過任何一句傷我、放棄我的話。

我真的覺得媽媽被我氣成這樣，被她打一打也是應該的吧，哈哈！

我也想跟各位認真的媽媽說，如果已經很努力了，偶爾不小心情緒失控，給自己一點空間，不要太苛責自己，只要能讓孩子感受到媽媽對我們的愛，孩子會知道你們的辛苦的。

改變

這一段帶沁婕的歷程,也讓我獲得很多。其實我要感謝她給我的機會,讓我發現自己的不足,讓我成長。

每一個孩子都是上天給我們珍貴的禮物。如果不是自己有一個這樣的女兒,有些事也許我一輩子也無法去體會、去了解。

其實我帶孩子,一直喜歡用正面的方式去鼓勵他們。

當我開始看見,原來遵守常規並不是像我們以前以為的那樣用心就做得好,我也開始用鼓勵的態度來看待孩子的自律、秩序,並延伸到更多方面。

像我平常出功課給學生,會用「減法」來鼓勵他們。

大家都不愛寫功課,但是又需要練習,所以我的學生如果生字練習得到甲上,我就會給予獎勵,獎勵方式是:下次本來要寫五次,可以改成只要寫三次。這樣會讓孩子更願意用心寫。

而且如果練習三次就可以寫得好,那不是更有效率嗎?

這樣的方式讓我看到很棒的效果,孩子下課甚至會主動來問我怎麼樣讓自己的作業做得更好。

用鼓勵代替懲罰，不管用在課業或秩序上，都會讓班級的氛圍更正向，在這樣的正向氛圍下，如果有的孩子還是做不好，我相信那一定是他有困難，我會根據他的能力去幫助他做調整，如果這時候我們還去懲罰他，真的會把他的學習信心都打垮了。

有些人會擔心，如果我們沒有一視同仁，這樣其他孩子不會覺得不公平嗎？

其實，這個世界哪有絕對的公平呢？

每個人生下來，先決條件就不會是公平的，如果立足點不同，又怎能要求齊頭式的平等？

有時候我覺得是大人自己想太多。我們常常會用自己的思維來看事情，把事情想得複雜了。其實孩子是非常單純的。

如果我的公平是用在鼓勵上面，當每個人用心做、有進步的時候，我就會看見、會鼓勵他們。

沒有孩子會去計較誰應該被處罰、老師怎麼沒有處罰他；大家會樂見別人的好，而不是只有比較、競爭。

這是我教學二十多年來，最讓我自信也欣慰的地方。

我班上的學生不愛打小報告，他們懂得體諒別人，喜歡幫助人。

平常午休的時候，我會允許不想睡覺的孩子安靜做自己的事。

偶爾我身體不舒服，只要跟孩子們說一聲：「老師今天好累喔，大家要更安靜，讓老師午休好好休息一下好嗎？」班上馬上一點聲音都沒有。

如果有人不小心發出聲音，旁邊的同學會趕快比手勢提醒他，讓我覺得好窩心。

幾年前，我的班上有一個過動的孩子，他生長在單親家庭，媽媽平常在夜市擺攤到很晚，我出的作業，抄寫的部分他勉強可以自己完成，但是像查字典、造句等沒有大人幫忙，他就完全放棄沒辦法做。我對他的要求是，第二天早上來到學校想辦法完成就可以，不會要他回家功課一定要回家做完，所以他早上來了會主動問同學，很多同學也願意幫忙他。

看到他拿著作業想辦法完成的樣子，其實就很感動了。

有時他做了一些干擾別人的舉動，被同學告狀，我知道他不是故意的，所以不會大聲斥責，就好好的跟他說。其實好好說，他是很願意聽的，他也希望大家喜歡他，喜歡自己有好朋友啊。

我也盡量不在同學面前數落他，會用心找到他的一點點進步，在同

學面前鼓勵他，這樣同學就會聚焦在他好的地方。

他在我們班的兩年，是個快樂的男孩。

直到現在，想到小時候失控打沁婕的事，還是會忍不住紅了眼眶。

我常跟沁婕說：「對不起啊，我也是第一次當媽媽，我也在學。」

還好她一直是個貼心的孩子。

我一直相信，只要有愛，願意傾聽彼此，我們就可以互相體諒，可以一起成長。

裙子

從小我就喜歡自己是帥帥的樣子，但是那時媽媽沒有察覺，她總是把我和妹妹打扮成兩個小公主。

現在想起來，還是覺得這樣好可憐。

我明明短頭髮會超帥，卻頂著一頭每天都梳不開跟瘋婆子一樣的亂七八糟長髮，只能常常用手把長髮藏在腦後，照著鏡子想像自己短髮的帥樣。

我明明想要的是T-shirt配短褲，身上穿的卻是公主袖和蓬蓬裙。

我明明想要的是足球小將翼的足球長襪配球鞋，但是穿的是蕾絲花邊襪配粉紅色亮皮娃娃鞋。

我明明爬竿可以比男生快，但是我爬的時候下面的人都在笑。

我明明可以很厲害的把鞦韆盪得很高很高然後跳下來，但是整個人會瞬間變成一朵降落傘。

這些公主裝扮，嚴重摧毀了我渴望帥氣的心。

其實我覺得小朋友跟大人都一樣，今天如果我要你穿一套你不喜歡的衣服出門，你一定會渾身不自在，很沒有自信啊～

記得這樣的日子一直持續到了小學三年級，有一天，我真的忍不住了，抱著媽媽哭著求她不要再讓我穿裙子。

那天，媽媽對我說了我人生中聽過最美妙的一句話：「走吧，我帶你去剪頭髮！」

那一刻我望著媽媽，覺得她被雷打中了。

走吧~ 我帶你去剪頭髮！

我求了她好多年她終於答應了！！！

她帶我去剪了一個超帥的短髮，站在鏡子前我都要哭了，果然跟我想的一樣帥！

那天開始，爸爸媽媽真的完全的 open mind 了，他們開始讓我穿我自己喜歡的衣服，做我自己喜歡的樣子。

我的人生開始變成彩色的！

小學畢業典禮時，爸爸媽媽帶我們去百貨公司，讓我們自己挑一套喜歡的衣服送我們當畢業禮物。

我看了很多短褲和 T-shirt，都是平常我喜歡的，但是其實，我更想要一套小西裝，我看到很多套西裝都好帥，超級帥，但是我不太敢走過去看，我心裡想著：「女生也可以穿西裝嗎？」

這時候，媽媽走過來，她拿著一套條紋短褲西裝對我說：「這套好不好？」

我有點不敢相信的看著她。

「你看，這套還有西裝背心，配襯衫一定會很帥！」媽媽邊說邊把整套衣服拿給我。

「喔～這樣穿起來會好帥喔！」爸爸也說。

我拿去試穿了之後超級喜歡，那天把它擺在房間地板上，到睡覺時還捨不得閉上眼睛一直看。

第二天我穿著我人生第一套西裝到了班上，結果很多人笑我，跟我說：「你穿那是什麼啊？」

「要是我是女生，我穿這樣，我媽一定會把我打死！」

我很悶的跑去找媽媽，跟她說很多人笑我，他們說我穿這樣很奇怪，結果媽媽嘆噗了一聲跟我說：「拜託，這麼帥耶！」

那天畢業典禮上台領獎時，我站得好挺，覺得自己是最帥的一個。

從那一天到現在，二十幾年了，可以在爸爸媽媽面前自在做自己的感覺好棒。

記得之前我去紐約找好朋友玩，我在布魯克林大橋前戴墨鏡擺了 pose 拍照，上傳 facebook。我媽留言說：「好帥！我生的！！！」我在紐約街頭拿著手機大笑，笑一笑就感動到流淚了，旁邊跟我一起去的好朋友看到我在哭都嚇到，他們跟我說：「你會不會太誇張啊？哈哈！」

我不知道你們可不可以體會我心中的感動，我一直不是典型女生該有的樣子，但是我的爸媽還是可以以我為榮。

我真的，以我的爸媽為榮，不管什麼時候想到他們，我都可以感動得想要流淚。

裙子

沁婕、沁妤小的時候，我就很愛幫她們打扮，可能是小時候自己沒有漂亮的衣服穿吧，總是夢想可以生一個女兒，就可以好好幫她打扮。在知道自己懷了一對雙胞胎女兒之後，更是期待，一定要讓她們每天都穿得很可愛～

那時家裡經濟並不寬裕，但是我都會趁打折的時候去各大花車挑選特價的衣服，常常可以撿到一些兩三折的可愛童裝。

我很喜歡玩配色，一個白衣紅褲，另一個就紅衣白褲，然後搭配絲巾、小飾品，幫她們綁辮子，綁各種小女孩最愛的頭髮，好像在玩芭比娃娃。不是我在說，帶她們兩個出去大家都誇獎。

沁婕稍微大一點，比較開始會表達的時候，跟我說她不想穿裙子，她想剪短頭髮。我沒有想很多，只覺得女生就是穿裙子很可愛啊，看她常常頭髮梳不開，梳子掛在頭上就開始哭，也覺得這樣不行，她不應該遇到困難就發脾氣。所以我總是以為她只是不會梳頭髮，才想剪頭髮。

我跟她說：「等你會好好梳頭髮，我再帶你去剪頭髮。」但是好像很難有這一天。

隨著她們長大，沁婕跟我爭取她想要的穿著的次數也更多，那時我就改成讓她自己選擇。一個禮拜五天，她可以三天穿褲子，兩天穿裙子，要怎麼穿，她自己決定，但是我發現她對於自己想要的樣子有愈來愈強烈的反應。穿褲子的那幾天，她會蹦蹦跳跳的好開心；穿裙子的時候就好像整個人都沒有活力。

有一天她抱著我哭著拜託，說她真的不想再穿裙子了。看著自己的女兒為了自己想穿的衣服哭成這樣，突然笑了出來，我到底是何苦呢？她喜歡穿什麼衣服又沒有影響到任何人，我到底在堅持什麼？

記得以前，我有時也會被人批評我的外表，說我黑黑的、戴個眼鏡，又不愛笑，一點都沒有女生的秀氣、漂亮。我心裡好氣，為什麼一定要像你們說的那樣才叫漂亮？

我才發覺，也許沁婕的感覺就跟我一樣吧，到底是誰說女生就要怎麼樣才叫好看呢？想通了之後，我就沒有任何殘念了，也開始欣賞她帥帥的樣子。

不是我在說，可不是每個人穿起來都這麼帥呢～

爸爸也完全同意我，其實我們家爸爸觀念一直很先進，她知道沁婕喜歡帥氣的衣服，還會自己去幫她挑帥衣服。

看沁婕每天穿帥帥的在學校開心的爬上爬下翻滾跳躍，像個快樂的小猴子，媽媽其實也好快樂。真對不起啊，沒有早點發現，害她悶了這麼久。

有時候的確會遇到親戚朋友不解的問我，為什麼讓女兒穿得跟個小男生一樣？

我都會回答：「她喜歡啊，她喜歡就好～」

只要覺得是對的事，我就不太在意別人想什麼，我想我們都體會過跟別人不同時所遭受的眼光和壓力，我希望自己不要再把這樣的感覺帶給孩子。

自在的做自己吧，爸爸媽媽會張開手，當你最大的後盾。

國中

想起我的國中生活，其實很快樂。

我唸的是新民國中，在大屯山腳下，每天要走十五分鐘的山路去上學。小山路彎彎曲曲，一路都有茂密的樹林，山路旁邊有小溪，聽著潺潺的溪流聲，可以讓心情很放鬆。

吹著涼風，呼吸著新鮮空氣，上學放學的路程，都讓我心情很好。

我們學校很大，人不算多，所以活動空間很多，有寬廣的大操場，籃球場放學都可以打三三，不用像ＸＸ國中的學生很可憐還要過馬路到對面才有操場，籃球場永遠都報不到隊。（成績比不過人家就很愛比這個，哈哈～）

我們的教室窗外都是大樹，上課時，從窗外灑進樹葉篩落的綠色陽光，還可以聽到蟲鳴鳥叫，覺得一堂課不會那麼的漫長。

教室外面有一塊中庭空地，我跟班上男生下課就會在那裡傳棒球，玩鬼抓人。

我妹在樓上的班級，她有時候會從樓上探頭出來跟我打個招呼，然後跟她的同學說那個蹲在那裡接球的是她姊。

學校不大，大家都滿熟的，哈哈！

但是其實老師不讓我們在中庭打棒球和玩鬼抓人，所以每次老師從辦公室走出來，第一個看到的人就會通報，大家瞬間鳥獸散，就地臥倒，跑到後山，還可以鑽進沒有水的大排水溝裡。

「老師來了！快跑喔！」好像變成一個比鬼抓人更刺激的遊戲，一個在有中庭、有山坡，還有很乾淨水溝的學校才能玩的遊戲。

我們班的導師莊老師從來不會用成績處罰我們，我們都很喜歡她，因為她真心關心我們班每一個同學，不管成績好不好，這是我們可以最直接感受到的。

妹妹她們班的老師就不一樣，他對成績好嚴格，他都幫他們班的同學訂下很高的、他們根本達不到的標準，而且只要考試分數達不到，少一分打一下，所以除了那些真的會考九十幾分的同學，幾乎大家都要被打，他們班的同學只好開始作弊。

他們班每個人都有一隻筆芯換成藍筆的紅筆。改考卷的時候，老師
會要大家把考卷往後傳，讓後面的同學改，每個同學都會用那支藍
色筆芯的紅筆，幫前面的同學把不會的答案寫上去，然後再拿出真
正的紅筆打勾，寫分數。改的時候還不能改成太厲害、太高分，因
為這樣老師會懷疑。

那些本來只能考二十分的同學就被改成六十分，然後出去伸手給老
師打十下，因為老師幫他訂的標準是七十分。

我到現在還是很難懂這樣的老師到底是為什麼？這樣的學生對學習
的感覺就只剩作弊和被處罰，其實好可憐。

後來他們班模擬考的時候全班作弊被抓到，事情鬧得很大。

成績到底讓我們看到了什麼呢？

謝謝爸爸媽媽，從來沒有因為成績處罰過我們，他們跟我們說盡力
就好，讓我不曾因為成績否定自己，不會對唸書失去興趣。

國二時我開始補數學和理化，這兩個老師我都很喜歡，是我自己跟爸爸媽媽說我想要補的，所以上課會很認真聽，當然偶爾還是有跟旁邊的同學講話被老師罵，但是已經算很認真了！

下課後，我跟妹妹都會騎著腳踏車，跟同學吹著晚上涼涼的風聊天回家。

好像應該很沈重的國中升學時光，現在回想起來，竟然可以是一片這樣輕輕的、跳動的、有著綠色陽光、涼涼微風的美麗回憶。

國中

沁婕、沁妤讀的是新民國中，剛好是我們的學區，環境很寬敞清幽。雖然不是明星學校，但是是我們理想中的學校。

那時很多同事問我，為什麼不讓她們去唸比較注重升學的北投國中或石牌國中？其實我一直覺得，讀書很重要，但是成績並不是這麼重要，我希望我的孩子可以擁有一個國中學生平凡的生活。

沁婕國中的時候，晚上都十點半就去睡覺了，我覺得 ok 啊。看孩子一早就出門去學校上課，有時還要去補習、晚自習，回到家真的也累了，怎麼還忍心要他一定要繼續唸書到多晚呢？

那時暑假她迷上金庸的小說，學校同事還唸我，怎麼要準備聯考了還給孩子看這些？

我笑著跟他說：「你以為我不給她看金庸，她多出來的時間就會去唸書嗎？」

金庸的文筆很好啊，看這樣的課外讀物放鬆心情，有什麼不好呢？

沁婕的成績在班上屬於中上，還好新民國中競爭不激烈，她讀起書來還滿有成就感的。

其實有成就感，孩子就會願意為自己唸書，她放學就打籃球，假日去打棒球，每天開開心心的。

我喜歡看她這個樣子，沒有覺得一定要她拼到前幾志願。

沁妤唸書就非常的拼，總是自發的練習，講義都寫到爛掉的那種。
我反倒希望她可以放輕鬆一點。

那時她的數學真的是熟練得不得了，解題都解成精了，但是她對閱
讀和寫作比較沒轍，不愛閱讀大量的文字，本來想說金庸的小說有
一些浪漫的情節，也許可以吸引她，但是她看了一下就沒興趣了。
她常常自嘲說，她都長大了，郭靖卻還沒遇到黃蓉。

那時爸爸提出建議，也許沁妤可以去補作文，她聽到之後緊張得哭
了，跟我說可以不要嗎？

我知道她對自己的要求已經夠高了，如果不是真的沒辦法，她不會
緊張成這樣。如果真的作文少了幾分，那就少幾分吧。既然她喜歡
數學，也許數學就多補幾分上去囉。

我並沒有覺得從哪裡跌倒就一定要從哪裡站起來，孩子盡力了，爸
爸媽媽都看在眼裡。

休息一下吧！

自己當了小學老師很多年，看到一些以前在班上成績頂尖的學生，
他們的成績並不一定反映在他的人生中，而一些成績並不特別突出
的學生，卻有著很好的發揮、精彩的生活。我覺得拼出來的成績是
一時的，最終這個人的表現會回歸到他的本質。

如果他擅長唸書、喜歡唸書，不用逼太緊他也會去做；如果這一切
不是他想要的，超出他的能力，只是用大量的練習、強勢的競爭把
他撐上去，那麼當外力拿掉，還是會回到他原本的表現。

我也看到一些孩子，他可能一路都埋頭唸書，擅長考試，可是當他
離開了學校，卻不知道自己可以做什麼，在這樣的環境下，好像變
成一台拼成績的機器了。

我不希望讓孩子覺得成績至上。

當我們用成績來衡量一切，如果孩子沒有考好，他會覺得自己好

像什麼都不是，但是人生不是這樣的，一個人的EQ、個性、適應力、耐挫力、讓自己快樂的能力，才是影響他未來生活更重要的條件，這些都是需要在成長過程中，慢慢培養出來的。

所以我希望我的孩子可以擁有一個學生該有的生活，讀書盡力，有時間運動，有時間休息，有時間做自己想做的事；可以慢慢的享受青春，慢慢的感受挫折，慢慢的面對生命的疑惑，慢慢的認識自己，然後一步一步的，長成屬於自己美麗的樣子。

交朋友

國中以前我的好朋友大部分是男生，因為我愛玩愛動，直來直往，
跟男生比較契合。但是我跟女生也不錯，有些女生喜歡搞小圈圈，
我比較沒有參與其中，所以反而大家都跟我滿好的。

只是我有時講話比較白目會被她們白眼，哈哈！

不過我有在學，長愈大，得到的白眼有愈來愈少～

國小、國中我的好朋友有很多不是班上功課好的同學，那些體育很
好、抓蟲很強、講話很好笑的同學我都很崇拜，雖然他們不那麼愛
唸書，但是個性很大方，不愛計較，對人也很講義氣，在班上人緣
都很好。

記得以前國中班上有一個高高帥帥很會打籃球的男生阿凱，平常滿
安靜的。我很欣賞他。有一次換座位的時候我坐在他旁邊，在最後
一排，我們開始會聊天。

有時候老師上課太無聊，我們兩個會自得其樂的在後面抓老師的語

病互相表演，很白痴，但是很好笑。

他跟我說，以前他對我們幾個班上前幾名的同學沒有什麼好感，覺得我們不是書呆子就是很臭屁，班上的第一名整天都在唸書，第二名的楊大智每次考得好就會大呼小叫說自己是天才，很欠揍。

我聽了笑了，原來不只我覺得楊大智很機車。

跟他慢慢變熟之後，有時發考卷，他會拿不懂的地方來問我。他說我教的他竟然都聽得懂，怎麼比老師教的還厲害。

哈哈，我也覺得自己滿會講解的，好像有點適合當老師。

如果我考贏楊大智，拿到考卷走回座位的時候，他還會跟我開心的擊掌。

後來我們放學會一起打籃球，打完他們一群男生就聚在一起抽菸。

有些男生問我要不要抽，我試了一次整個嗆到，大家大笑。其實我

也只打算試試看是什麼感覺就好，每次有人問我要不要抽菸，我都
會想到我妹的臉，她那時很認真的跟我說：「你不要學抽菸喔，抽
菸對身體很不好，爸爸媽媽會擔心！」
「知道啦！」我都很篤定的回答她。

現在回想起來，是一種家人的力量。
當我們跟家人的關係很緊密，自然而然會聽著心裡的聲音做選擇。

之後如果有人找我抽菸，阿凱都會直接幫我回答：「吳沁婕不抽菸
啦，不要害她！」
「你也少抽一點吧，不然以後打球跑一下下就會喘喔。」我笑著跟
他說。
「知道啦！」他也笑著把菸收起來。

吳沁婕不抽啦！

我覺得真正的朋友，並不會盲目的要朋友跟隨他。

真誠讓我們聚在一起，雖然我們有很多的不同，還是可以保有自己的特質，彼此關心、鼓勵，這也是我為什麼喜歡他們的原因。

上了高中大學，開始有一些比較細膩的想法，也交到了很多要好的女生朋友，很多都是現在還常聯絡的好朋友，尤其是大學女籃校隊認識的好隊友們，她們各個身懷絕技，超有特色，都有讓我很崇拜的地方。

重點是每個人都很直爽，相處起來讓人非常開心。

以前大學的時候我是一個超級令人擔心的長不大小朋友，她們都很照顧我。

我媽常跟我說：「看你2266成這樣，還願意跟你很好的，一定是真朋友！」

哈哈，我的「令人擔心」好像變成了一個交朋友很好用的試金石，只有真朋友才會看到我的好！（無誤）

也是因為這群真朋友，我才有辦法一路跌跌撞撞走到現在，並且找到讓自己發光發熱的機會。

「永遠要記得別人的好。」這是爸爸媽媽常常對我說的話。

我很喜歡這句話，每次聽到，都會讓我覺得暖暖的。

因為想到了身邊好多對我好的人、讓我由衷感謝的朋友們、我生命中好多好多的貴人們。那些陪著你哭、陪著你笑、陪著你做夢、陪著你更勇敢的人，是一輩子會放在心底的。

很高興我擁有真誠的能力，我一直覺得這是比什麼都重要的無價資產，謝謝所有我最愛的朋友們。

Hey, my best friends, you know who you are! <3

交朋友

前陣子和以前清江國小的好同事聊天，她也是沁婕三四年級的導師，最愛的美瑾老師。

我們聊到那時沁婕常跟一群不愛唸書的男生玩在一起，學校有同事擔心的跟我說：「你不擔心沁婕被帶壞嗎？」

我回答她：「為什麼一定是被帶壞呢？說不定是沁婕把他們帶好啊～」

美瑾說她當時很震撼，因為她從來沒有過這樣的思維。

聽美瑾這樣說我才想起，好像真的有這麼一回事，哈哈～～

我當然不是覺得自己的女兒有多麼優秀，而是對我來說，培養孩子分辨是非的能力和正確的價值觀，比一直擔心她交到壞朋友來得實際多了。

其實我從來不覺得什麼樣的朋友是壞朋友，不愛唸書的孩子也從來就不等於人品不好，只要是真誠善良的人，我都很欣賞。

我們常跟孩子聊天，我們會聊到身邊的人，可能是我們的朋友、她們的朋友，跟孩子聊每個人的個性、特質，聊什麼樣的個性讓人喜歡，我們是不是可以在這樣的人身上學到些什麼；聊什麼樣的特質讓人不愉快、不舒服，甚至讓人擔心，我們是不是可以警惕自己盡量避免。

每個人都有他的優點、缺點，因為某些特質就把一個人簡化成什麼樣的人，不但脫離現實，孩子也無法學到正確的觀念。

應該要讓他們學習如何看待事情可以對事不對人，學習如何真正的

認識一個人。

當父母直接批評孩子的朋友，甚至干涉孩子的交友，其實就關起了
和孩子溝通的門，這樣的狀況下，如果孩子真的發生了什麼問題，
父母也沒有辦法第一時間發現。
當孩子覺得家人都不了解他，他自然會往接納他的人身邊去，甚至
因為情緒做出反骨的事，有時反而把孩子推向父母擔心的地方。

其實我一直很喜歡看沁婕交朋友的樣子。她樂於助人，又有正義
感，在朋友間很受歡迎。
她五、六年級時，班上有一個輕度弱智的男生阿鴻好喜歡跟在她旁
邊，每次都會「小賊（婕）、小賊！」的叫她，沁婕也很照顧他。

她跟我說音樂課考唱歌時沒有人要跟阿鴻一組，她雖然考過了還是

舉手自願和阿鴻再唱一次，我聽了好感動。

這是我希望看到的孩子，真誠善良的待人，不用表面去看人。

雖然沁婕2266的，常常凸鎚，但是她真誠的個性一路上也找到了很多願意包容她的朋友。「在家靠父母，出外靠朋友。」有這些朋友的照顧，讓我少擔很多心。

我一直相信物以類聚，善良的人讓人相處起來舒服、愉快，讓人感覺到溫暖，我們自然會想要靠近。

讓孩子懂得去欣賞每一個人的好，擁有分辨是非的能力，就不用擔心他會變壞，只要他喜歡往好的地方去～

喜歡女生

我喜歡女生。

第一次真實的意識到這件事，是在國三的時候。那時我們和隔壁班合班，以成績分成 A、B 段班，主科一起上課。

「欸，要認真上課！不要一直回頭找我講話哦！」

剛安排好座位，後面傳來一個女生的聲音，我回頭看了，覺得她好眼熟……

想起來了！

她常跟一群愛玩、愛打扮的女生走在一起，在學校很醒目。

她似笑非笑的看著我。

「拜託，憑我的智商，不用太認真啦！哈哈哈！」那時的我是個白目國中生，很愛講一些自以為是的話。

但是不知道為什麼，我很喜歡她的笑容，也許是我欠人嗆吧。

那時在學校，我算是個風雲人物，很少有人這樣跟我說話。

就這樣，我開始期待每天分班的時候。想到她坐在我後面，上什麼課都充滿活力。

我可以開心的耍我的白目，因為被她唸很開心，被她打個一下覺得怎麼更開心。

有時我跟別人講話真的太欠揍，她會從後面偷偷用雨傘戳我一下，跟我說這樣不好笑。

她跟我說我的褲子太寬了，T-shirt 太嘟了；他跟我說不是全身NIKE 就很帥。

我喜歡她看起來跟其他 A 段班的女生不一樣，她不是乖乖牌，她懂很多我不懂的事。

有一次我們上理化實驗課，每個人都要準備一瓶汽水做實驗，她忘記帶了。老師堅持要她打電話給媽媽，請媽媽送來。

下課後，我看到她好像不開心，想去逗她一下，但是她沒理我。

我蹲下來，才發現她皺著眉頭，忍著不讓眼淚掉下來。

「明明知道我媽工作很忙，為什麼一定要叫她特別請假送來……」

那是我第一次看到她哭。

我想起了前幾天她跟我說，她媽媽憂心忡忡的跟她爸爸說，怕她成績不夠好考不上公立高中，以後學費怎麼辦。

她在房間聽到了很難過，她不想讓家人擔心。

我很捨不得她的眼淚，但是真的喜歡她的體貼和堅強，那是我這個無憂無慮的白目小朋友沒有遇過的煩惱。

後來，她推甄上高中，可以提前放暑假，不用再跟我們一起留校唸書了。

我聽到這個消息晴天霹靂，沒有她，我根本不想留在學校。

雖然以前我總是覺得去補習班很浪費錢，但是這次我主動拜託我媽讓我去上衝刺班，因為我不想留在沒有她的學校（當然這個沒有跟我媽說）。

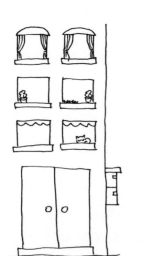

然後每個假日我會騎腳踏車去她家，把一封寫得滿滿的信，放進她家信箱，看著她家信箱，想著她等一下會看到我的信，就覺得好像跟她有了連結，全身熱熱的，雖然也只是寫一些無關緊要的內容。

這是真的喜歡吧，我好喜歡好喜歡她。
我喜歡上一個人了，她是一個女生。

畢業典禮那天，大家嘻笑打鬧，嘲笑學校特別選的離情依依的歌。
沒有人哭，我也假裝毫不在乎。
她送了我一束花，跟我說謝謝，說我給她的信她都有收到，還要我
考試加油。

回到家，我就一個人趴在房間的地上大哭。
我好喜歡她，但是，是不是不能跟她說？
女生喜歡女生，是不是，永遠都不能說？
哭著哭著，我和那束花一起趴在房間地上睡著了。

喜歡女生

沁婕是一個藏不住話的人，聽她每天吃飯的時候跟我們說什麼，就知道她最近在迷些什麼。

國三的時候，我們晚餐的時間出現了一個女孩的名字，沁婕幾乎每天都會說到她，說今天女孩說了什麼，她回她什麼，被她打了一下也說得眉開眼笑。

有時她會憤憤不平的跟我們抱怨女孩受了委屈，她好生氣的說：「老師怎麼可以這樣！我要去幫她跟老師說！」

女孩推甄上高中，沒去學校了，沁婕常常假日就騎著腳踏車說要去送信給她。

送信耶，平常要她寫個一百字的小日記或週記都唉唉叫，竟然會這麼勤勞寫信，還親自送信。

這些事在從小看她長大的媽媽眼裡，當然感覺到一些不同，我的腦中第一次閃過「她是不是喜歡女生？」這個念頭。

那是二十年前，在那個年代，我可以想像如果她喜歡女生，會遭受到多少不友善的眼光，甚至更嚴重的歧視。

我的心中開始擔心，但是也覺得孩子年紀還小，一切都還不確定。

想到我讀師專的時候，也有很要好的同性朋友；有時看到沁婕和不同朋友相處好像也很好，又覺得自己多慮了。

於是我常常處在一下擔心、一下安慰自己的搖擺中。

雖然擔心，但我會提醒自己忍住，不要追問沁婕更確定的細節。

我總是覺得，如果孩子沒有主動跟我們說，就表示他還沒有準備好，這時候貿然把問題丟出去，孩子可能會把心關起來，之後溝通的路就斷掉了。

我想多聽孩子說，讓她願意講，才有辦法真正知道她內心在想什麼，所以我一直最珍惜的，是每天晚餐全家人無話不談的時光。

初戀

高一時，我遇到了一個可愛的女孩，我們相愛了。

第一次知道可以把心裡的喜歡說出來有多麼的美好。

第一次知道可以被好喜歡的人喜歡有多麼不可思議。

第一次看進一雙眼睛沒有保留的看著我。

第一次牽起一個人溫暖的手，她也牢牢緊握不放手。

這就是愛情嗎？

怎麼可能……怎麼可能……會這麼美好……？

所有的感覺都像所有的初戀一樣石破天驚，不同的是，我們的美好愛情不能讓人知道。

我們就是很要好的朋友，很要好很要好的朋友。

我們偷偷約會，在所有可以不被看見的地方。

我們跟著朋友們去聯誼，假裝我們都想交男朋友，看到想追她的男生，還要擠出笑容。

開心的時候，我的眼睛會避開同學
的眼光找到她。

吵架的時候，她只能趁她媽媽
用摩托車載她回家的路上
哭，在回到家之前讓
眼淚被吹乾。

第一個一起過的情人
節，我們在臺北車站的

地下街買了一個蛋糕，在我爸媽還沒有回家時，點了一支蠟燭，一邊仔細聽著會不會突然有開門的聲音，一邊慶祝。

她生日那天晚上，我們躺在無人的操場角落看星星。

她枕著我的手，想著以後我們要住在一起，一起工作，一起生活，早晨一起在彼此的臂彎裡睜開眼。

但是一聽到牆外有人說了聲：「談戀愛喔～」我們立刻從美夢裡驚醒，倉皇的分開，起身跑走。

有時，我們抱著彼此靜靜的流淚，說我好想好想給你一個承諾，雖然都明白我們可能沒有以後。

我知道我們沒有做錯事，但是為什麼，想要簡單的幸福好難？

從小我是個無憂無慮話都藏不住的快樂小孩，現在我有了一個好大的祕密，一個好像讓我愈快樂就會愈傷心的祕密，說不出口。

初戀

沁婕高一的時候，跟班上的一個女孩很要好，每天跟她一起留校唸書，假日也都會跟她出去。

她曾來過我們家幾次，從她們相處的樣子，我幾乎已經可以確定，她們的關係不是普通朋友。

當我真實的意識到「我的女兒喜歡女生」這件事，更多的擔心湧了上來，我發現自己開始害怕，害怕我要怎麼面對，害怕別人會知道，害怕也許會接踵而來的未知。

我發現每次沁婕帶女孩回家時，我笑不出來；我想沁婕也感覺到了，她講話會逃避我的眼睛。

我們的關係變得緊張，晚餐時愈來愈沈默。我並不想要對她的朋友不友善，更不想要我們的關係變成這樣，但是我就是笑不出來，也講不出口。

好多次我會在自己的腦海裡幻想，有一天我可以把女兒找來，請她坐下來我們好好談一談，跟她說媽媽多麼希望你不是，然後像連續劇一樣，她抱著我痛哭一場，一切就解決了。

但是我知道事情不會是這樣。

後來我終於把一直積壓在心裡的擔心跟先生說，想不到他竟然回了我一句：「啊～嘿那五薩（那有什麼關係）！」

我忍不住笑了出來，謝謝沁婕可愛的淡定爸爸，讓我的擔心好像少了一點。

我先生是一個喜歡吸收新知識的人，他不太在意別人想什麼，我很

喜歡他開明的態度，常常帶給我很多新的想法，而他的穩定，真的
也帶給我很重要的穩定力量。

雖然擔心，但是我知道我必須hold住。
我知道在擔心之外有一些更重要的事要面對。

有時如果氣氛比較好的時候，我會問問沁婕她們相處的情形、女孩
家裡的狀況，想要從旁多了解一些，像是：女孩的家人知道嗎？跟
家裡的互動緊密嗎？她是怎樣背景、個性的人？會不會有比較激烈
的反應？有沒有可能需要我們出來面對她的家人？
我想讓自己先有心理準備，接下來發生的事情才知道可以怎麼做。
我知道這不是一條好走的路，但是如果我有足夠的了解，我希望可
以在孩子需要我的時候，在她身邊幫助她。
我知道性向是天生的，我可能無法改變她，然而，我還是矛盾的希
望她不是。
做父母的有時要求的並不多，只不過希望孩子可以過得快樂、平順
些……

失戀

升上高二那年的暑假，女孩為了我難以理解的原因要離開我。

我覺得世界要毀滅了。

曾經的，你說過的承諾，都還在耳邊……

原來情歌裡唱的，就是這個感覺。

所以如果現在我跑去問她：「你不是答應過我……？」我就會跟我嘲笑過的情歌一樣蠢……

承諾有屁用。

我一個人坐在窗邊掉眼淚。

「對面的女……孩看……過……來……看過來……看……過……來……」

我連《對面的女孩看過來》都可以唱到哭，這應該是全世界最悲傷的一首《對面的女孩看過來》。

我難過到一整天只吃得下一口飯，每天坐在我家的陽台吹風，天崩地裂，看到誰都笑不出來。

一天晚上媽媽走進我的房間，說要跟我聊聊。

「你這樣讓我有點擔心耶……」她說。

「擔心什麼？」

「擔心你跟她的關係是不是有一點太……」

「嗯，就是啊。」

「是什麼？」

「我喜歡她，我喜歡女生，她是我的女朋友，但是她不要我了。」

我頭也沒抬的回答她。

一陣沈默過後，媽媽跟我說：

「我當然希望你可以不是，因為這樣你不會這麼辛苦……但是，如果這是你要的，爸爸媽媽都會支持你！」

我抱著我媽大哭，一直哭，我終於可以說，我終於可以說了。

從那天開始，我每天放學回家，就跟在我媽旁邊切菜。

低著頭專心的切切切切，一邊切一邊一直說：「我的脾氣是不太好嗎？有嗎？」

「你講話太直又太急，常常沒有留給對方空間……」

「我是不是太幼稚了？但是她說她喜歡照顧我啊！」

「沒有人真的喜歡一直照顧別人，人都會累的……」

「她說她會一直在我身邊，她說的……」

「你們都還年輕，好聚好散，是媽媽最希望你能做到的……」

我喜歡媽媽平常不會硬要跟我說什麼，但是我問她的時候，她有好多可以跟我說。

有一天，我真的忍不住，想去臺北找她，我走到了院子，請媽媽載
我去搭車。媽媽看著我搖搖頭。

「我真的想去……再試一次！」我急得掉下了眼淚。

「如果，你問我的意見，我跟你說了好多，你卻聽不進去，那你還
期待我跟你說什麼呢？」

媽媽轉身進屋去了，留下我一個人在院子想了好久。

我好謝謝，那天我很勇敢，還有媽媽的那一句話。

那個夏天，我瘦了很多，但是我知道，我完成了人生中非常重要的
一課。

我知道下次再遇到這麼痛的時候，我可以走過。

失戀

女孩好像離開了，看到沁婕每天傷心得吃不下飯，哭到心碎的模樣，很捨不得。

每天晚上她會坐在三樓陽台欄杆上吹風，雖然她總是要我放心，說她只是想吹吹風，但是我每天晚上還是會上樓去看看她，看她有沒有好好的坐在那裡。

（對啦，是真的很怕她跳下去。）

這就是做媽媽的心情吧。

有一天看到沁婕坐在房間裡發呆，我走進去想跟她說說話。

「你這樣讓我有點擔心耶……」

「擔心什麼？」

「擔心你跟她的關係是不是有一點太……」

「嗯，就是啊。」

「是什麼？」

「我喜歡她，我喜歡女生，她是我的女朋友，但是她不要我了。」

我的腦袋轟的一聲，雖然早就有心理準備，但是聽到女兒親口說出來，還是覺得震撼，腦中閃過了那些幻想過的連續劇畫面。

我深吸一口氣，聽到自己說出來的是：

「我當然希望你可以不是，因為這樣你不會這麼辛苦……但是如果這是你要的，爸爸媽媽都會支持你！」

說完，沁婕抱著我哭，放聲大哭，我覺得我的心也碎了。

但是這一刻，卻覺得我們如此接近，這些日子以來，好多的擔心、壓力、逃避、緊張、冷漠，好像都釋放了。

我的女兒好像回到了我身邊。

那段時間我們特別好，她都會來廚房幫忙，嘰哩呱啦跟我說好多好多，她一定憋了很久吧，可憐的孩子。

上一次她主動進廚房幫我的忙，想不起來是幾年前的事了。

我很享受我們這樣互動的時光。漸漸的，我也發現自己好像真的可以打從心裡去接受她喜歡女生這件事。

孩子需要幫助的時候，願意說出來；受傷脆弱的時候，願意來到我們身邊，這些都讓我的擔心慢慢消失。

其實，喜歡男生、喜歡女生有什麼差別嗎？

照著世俗的眼光走，難道就一定幸福美滿？

從小在傳統的家庭長大，看過太多的壓抑、無奈、無解的問題。當
年還曾經親眼看著我的好友被先生家暴，我氣到發抖，懷著九個月
的身孕擋在她前面對她先生大吼。

相愛、相處、離開，是每個人一輩子的課題。
我最希望的是孩子可以擁有面對傷心、處理情緒的能力，擁有愛情
的智慧，這樣不管她喜歡男生或女生，我想，我都可以放心了。

叛逆

高二那年，我認識了很多新朋友。

他們很棒，打球很厲害，跳舞很強，很會打扮，對我很好，但是我失去了自己。

我只想跟著他們做一些我很想要但做不到的事；我急著想要證明自己，卻忘了好好看看自己。

那段時間，我跟媽媽的關係變得很糟。

記得有一次我打球扭到，整個右腳踝腫得跟饅頭一樣，但是那天和好朋友約好了一起去看電影，是大家都很期待的恐怖片《七夜怪談》，所以不管怎樣我還是想去。

我去保健室借了一支拐杖，一拐一拐的撐著去華納威秀。

結果電影播放時，我幾乎全程都用手遮著臉，想著我到底為什麼要跑來花錢嚇自己。

電影結束後我打電話給我媽。

「媽，我腳扭到了，腫超大的！完全不能走路。我剛看完電影，你可以來華納威秀載我嗎？」

「你腳腫到不能走路，還能去看電影？那你應該可以自己回來！」

聽到媽媽的回答我好氣，她在賭氣什麼？

為什麼我扭到了，她卻不肯來載我，她是媽媽耶！

從來沒想過有一天，我媽會對我說出這種話。

後來我跟一個男同學回家，晚上媽媽打來問我在哪裡。

「在我同學家，在八里，他等一下會騎車走西濱公路載我回家。」

「你知道那條路有多危險嗎？！」我媽對我說。

「要不是你不來載我，我朋友需要這麼危險的載我回家嗎？」我對她吼。

「你知道你媽媽也會有情緒嗎！？」她也對我吼。

我愣住了，但還是很氣。

那天，我忘記我是怎麼回到家的，但是我記得我開始發現媽媽不一樣了。

那段時間我常常晚上回家，都會看見我媽接了個檯燈埋頭在院子拔草，我還把她當成一個玩笑跟朋友說。

高二下學期，我的成績掉下來，導師特別打給媽媽請她多留意。

媽媽跟我說：「既然你留校都不知道在幹嘛，那之後我會每天去載你，放學就跟我回家！」

那是我和媽媽關係最糟糕的一段時間，我完全不想唸書了。因為我覺得如果我成績變好，她就會覺得她對我做的事是對的。

每次媽媽罵我，我只會冷冷的看著她流眼淚。

她總是跟我說：「你知道嗎？你的眼神像一把刀子刺進我的心，讓我好痛好痛……」

我還是一樣的看著她，或是不看她。

我能做什麼呢？你都幫我決定了……

高二下學期我有三個科目不及格，確定被留級，決定要轉學，好同學圍著我流眼淚，我也跟著他們一起哭。

但是我發現，我心裡竟然在想著轉到新學校之後，要怎麼跟大家自我介紹。我想要改變，真的想要改變，我不知道該怎麼辦，只要可以離開這裡都好。

叛逆

沁婕升高二那年，我們搬到了桃園的新家。

那時舊家還沒賣掉，經濟上的壓力比較重，先生工作更忙，常常很晚才回家。孩子漸漸大了，好像也離我們愈來愈遠。

記得那一陣子我變得非常不快樂，有時想法很負面，常常都覺得不認識自己了，那個有活力又樂觀的宋慧勤到哪裡去了？

高二時，沁婕開始迷上很多物質的東西，愛打扮、愛出去玩；想要買手機，買這個買那個。

我沒有去找出問題，卻只覺得他被朋友帶壞了。

「被朋友帶壞？！」這是個以前被我覺得很糟糕的觀念，我竟然也會開始這樣想而不自覺，所以那時我對她的朋友都沒有好感，她常說朋友說我看起來很兇。

後來看她成績掉了下來，更覺得我的猜測沒有錯，就想那我每天下課去接她回家，讓她在我的視線範圍裡，總不會再出問題了吧。

但是這些都讓我們的關係更加糟糕。

那陣子，我每天回到家就會窩在花園拔草，到了晚上還會接了延長線點檯燈繼續拔。

我想要把自己塞在一個安全的小框框裡，只有家裡的狗狗每天陪在我身邊。

我生日那天，老公加班，孩子出去了，沒有一個人跟我說生日快樂。以前的我好像不太會在乎這些事，但那個生日，我覺得好孤獨，一個人開車去找了桃園的一家餐廳，點了最貴的一客牛排，卻根本吃不下。

晚上睡覺時會莫名的一直掉眼淚，哭了好久，直到先生發現，起身抱抱我問我怎麼了，但是我不想講，我只覺得我哭了好久，你們好像都不會知道。

有一次沁婕打電話告訴我她腳扭到了，腫到不能走路，卻跟我說她剛看完電影，要我去華納威秀載她。

我好氣好氣，想著她跛著腳還硬要去看電影的樣子，想著她為什麼總是朋友一揪就人來瘋的不顧後果；突然間湧起了好多情緒，跟她在電話裡吵了起來。

晚上我問到了她在同學家，跟先生開著車去八里接她，卻只接到一個繃著臉的小孩。

我真的不知道我做這些到底所為何來？

那陣子我們幾乎每次講什麼就起衝突，她就冷冷的看著我。看著自己的孩子那樣冷漠的眼神，心真的好痛好痛。
我們到底怎麼了？

這幾年對憂鬱症有比較多的了解，才想起那段不快樂的日子，一切疑問好像都有了答案。
我想跟孩子說聲對不起，如果再給我一次機會，媽媽一定不會這樣做。但是媽媽也想跟你們說，爸爸媽媽和你們一樣也有累的時候、不開心的時候、狀況不好的時候，記得每天回家多花點時間看看他們、聽聽他們、給他們一個擁抱。

留級

確定被留級要轉學之後，心裡的感覺好複雜。

我好像期待著，在找不到自己的低潮裡有些改變，但這個改變卻是留級轉學……是因為被留級要轉學耶……

這對所有人來說都算是一個求學路上的失敗吧。失敗可以救我嗎？

一股強大的未知和徬徨襲來，我走到了一個不曾想過的路口。

從小老師都說我很聰明，我也開心的覺得自己是個資優生，考試隨便背一背也會過，拼一點就可以考得不錯。

補習班的老師說我是第一志願的料，雖然也沒考上北一女，但是總覺得讀書就是一件不太會出差錯的事。

直到上了高中，課業愈來愈難，小聰明不夠用了，跟媽媽的關係陷入緊張，意氣用事的放任自己直到功課終於跟不上。

改變真的發生了，但是我不知道會變成怎樣。

爸爸媽媽要我好好的想一想，我要繼續唸書嗎？

他們總是跟我說，他們沒有一定要我唸書，但是如果不想唸書，我要知道自己想做什麼、可以做什麼。

他們不期待我功成名就，最重要的是，可以為自己的生活負責，不要成為家裡的負擔，那麼不管我要做什麼，他們都會支持我。

他們問我，會想去唸職業學校學個一技之長嗎？

我很認真的想了，我想不到任何我真的很喜歡的工作。我知道，唸書的確是我最擅長的事。

雖然唸書不好玩，但是如果我連最擅長的事都做不好，其他事我也

不會做得比較好。

而且文憑對我很重要，我以後想當解說員，想當老師，想在山林裡開心的做研究或是有更多的發展，這些工作都需要學歷。

其實我喜歡這種感覺，我好久沒有停下來想一想了。

爸爸媽媽跟我說，如果我確定還想唸書，他們願意幫我出這一年私立高中的學費，但是這一年結束如果沒有拼上大學，他們不會再出錢讓我去重考了，就去找工作吧。因為他們都知道我的個性，如果現在沒有想要唸，以後也不會想唸。

我點點頭，知道他們說的沒錯。我感受到了自己的決心，我會好好唸的，在這一年，因為這是我自己想要的。

就加油拼過去吧！朝著我要的未來。

留級

「留級……」

聽到這兩個字，一瞬間很多感覺湧上來，但是停在腦中的竟然是：
「可不可以不要讓我的學校同事們知道這件事……？」

從小因為家境不好，我們一家姊妹都非常努力唸書，因為知道只有
努力考上公費的師專，才有機會繼續唸書。
一路唸上來，又在師範的體系下畢業當了老師，雖然我並沒有要求
我的孩子成績一定要多麼出色，但是「留級」這件事當下真的讓我
不知道該怎麼坦然面對了。

跟先生討論之後，我們決定讓沁婕轉學，不要多浪費一年唸高中。
我們都知道，唸書真的不好玩，要這樣多折磨一年，對孩子來說很
辛苦，加上當時她除了英文、物理在高二下學期分數掉下來，其它
科目倒是還好，如果要拼，一年應該可以；如果不想唸，唸幾年都
不會有用，那就趁早去學個一技之長吧。

跟沁婕討論了，她也認同我們的想法。
我知道沁婕的腦筋不錯，認真起來是可以把書唸好的，但是也知道
要她認真，好像本身就是個問題。
以她的個性，強迫她完全沒有用，除非她自己想清楚，願意去做。
我希望我可幫助她發揮自己的能力，不要有遺憾，其他部分就得看
她自己了。
我們把實際的情況跟沁婕說，讓她自己做選擇。

「我們不是很富有的家庭，沒辦法送你出國唸書。」
我們也很早就跟她說過，大學畢業之後，她的生活都要靠她自己，
她得為自己的生活負責，想想現在要怎麼走。
我真的希望孩子可以學會面對現實，這是非常重要的一件事。

謝謝我很淡定的老公，又很淡定的讓我的心安定下來。
他跟我說：「還好吧，就換個學校唸囉～」
嗯，真的，不過就是換個學校唸嘛。

為了申請學費減免，我決定不隱瞞這件事，就讓同事們知道吧。
是的，我的孩子被留級了要轉學，我要申請學費補助，一年的私立
高中學費是個不小的數目耶，我不想為了面子跟錢過不去。
面對現實，一直是我覺得非常重要的一件事。

東山

沁婕說

雖然已經有了心理準備，但是我想我還是高估了自己成為一個乖巧溫順好學生的能力。

我永遠忘不了在東山高中那一年，那總是凝結沉重、讓人喘不過來的空氣。

我進了東山高中的升學班，那是一個師資比較厲害、管得比較嚴、考上大學的機會比較高、大家都想擠進去的班。

為了考上心目中理想的科系，我也努力擠進去了。

一個小小的教室塞了快要六十個座位，每天從早上七點進學校待到晚上九點才能離開。

不停的上課唸書考試上課唸書考試上課唸書考試上課唸書考試⋯⋯

所有跟成績抵觸的生活都停止了。應該是說，沒有任何生活可言。

晚自習的時候，全班安靜到連蚊子在飛都聽得到。

老師走路沒有聲音，根本是用飄的，因為他不想讓你知道他什麼時候走、什麼時候會回來，這樣你才不敢做壞事。

三不五時就會聽到老師飆罵，完全不留一點尊嚴的辱罵。

「你以為你是誰啊？」

「也不想想你這次模擬考考第幾名？」

「轉學生很了不起是不是？要不是我給你機會，你什麼都不是！」

我記得他總是對我吼一些類似的話。

有時候轟一聲就一個人被老師踹飛出去，但是一個人飛出去了也沒有人會回頭看，因為三不五時就有人飛出去。

冬天來了太好睡，我不小心遲到了幾次，桌椅就被老師叫同學搬到後山去丟掉。
看著我的東西撒了一地在後山小路上，我只能忍著眼淚把它們撿起來，塞回去，拖回教室。
我安慰自己沒關係，反正也沒人會回頭。

每個禮拜三晚上因為要去補習，不用留校晚自習，我會面無表情的背起書包，跟著放學的人群走向校車。
在走出老師視線的那一剎那，我用盡全身的力量握拳大吼一聲：
「YES！！！」然後放鬆的靠著車窗讓風吹進來。
下車後像個出獄的更生人一樣，感動的走在臺北車站。

那時我跟妹妹借住在景美女中旁的大伯家，有時起床狀況不好，想到那令人窒息的沒有尊嚴的空氣，覺得今天真的無法往學校的方向移動，就會打電話給媽媽，裝作虛弱的聲音，跟媽媽說我生病了，可不可以幫我請假。

其實我很有罪惡感，我知道我都在騙她，害她擔心，但是只要想到這樣我就可以不用去學校，我又會鼓起勇氣騙她。

謝謝媽媽從來沒有拆穿我。

每個週末就是我活過來的時候，可以回到溫暖的家，呼吸完全不一樣的空氣。

媽媽每一餐都會做得好豐盛，所有我們最愛吃的東西擺滿餐桌；但是到了禮拜天晚上，想到隔天又要回學校上學，我坐在房間書桌前茫然的發呆，重重的無力感壓上肩膀。

媽媽走進來看著我，眉頭皺得好深。

她跟我說：「答應我，心裡有什麼話一定要跟我說好嗎？」

我點點頭。

「如果累了就不要把自己逼得太緊，唸不下去也沒關係，真的沒關係⋯⋯」說完她就抱著我掉眼淚。

那是我第一次想安慰媽媽說我很好。

媽媽走出去之後，我放下課本，不管明天的週考，拿起我最愛的粉蠟筆畫了一張卡片給她。

忘記有多久沒親手畫卡片送爸爸媽媽了，我用力塗上所有飽和快樂的顏色，畫了一張媽媽最燦爛的笑臉。

親愛的媽媽，對不起，害你擔心了。

東山

沁婕被留級轉進東山高中後，整個人變了一個樣。

學校高壓專制的管教方式，讓她很不適應，以前充滿活力、意氣風發的樣子完全不見了。

有時她跟我訴苦，我也只能回答她：「沒有辦法啊，本來有好的機會，但是你沒有把握⋯⋯」然後抱一抱她。

那時她借住在景美的大伯家，常常打電話來請我幫她請病假，其實我知道她都在裝病，但是我想，一個孩子如果需要裝病，應該就是她真的生病了，否則為什麼會這樣呢？

我沒有怪誰，我知道整個大環境就是這樣，這樣的學校，這樣的老師，都只是這個升學大機器裡的一個環節；而我們，就是生活在這樣的世界。

只是也許，我的孩子不那麼適合走這條升學路。

她跟我說有時候她真的唸不下書，晚上會坐公車去臺大室外籃球場打球。我跟她說很好啊，讓自己放鬆，做些運動，不要把自己逼壞了。我知道她很努力了，我看得出來。

其實我從來不覺得孩子是不肯認真唸書，如果可以做得好，到底有誰想要做不好呢？

有一天，我特別請假去找她，帶她去我們最喜歡的餐廳吃飯。

送她回大伯家的時候，看著她的背影，好像一個遊魂在飄，沒有一點生氣。

那天開車回家的時候，我一個人在車上放聲大哭，一邊開車、一邊用力嚎啕大哭。我這才發現自己壓抑了多少的情緒，那是好深好深的無助。

我覺得自己好像快要失去一個快樂的女兒了，那時我已經不在乎她的成績如何、會考上哪裡；我什麼都不求，只希望能找回她的活力和笑容。

終於學期快要到尾聲，沁婕拜託我向老師提出讓她不用留校唸書的要求。

我還沒有時間多想，就收到了一封學校寄來的雙掛號存證信函，內容是沁婕的導師要求我們讓沁婕留在家自主復習，為了避免她影響班級的秩序和讀書風氣。

我拿著那封存證信函苦笑。

我的孩子成了老師心目中破壞班級風氣的亂源，還要動用存證信函請她提早離校。

這件事我沒有跟沁婕說，我讓她以為是我主動幫她跟老師申請離校獲准了。

她開心得在家大叫大跳，跟我說她很謝謝老師願意體諒她。

看著她的笑容，心情好複雜。

我知道未來的路還很長，挑戰還很多，真希望我有更多的智慧可以陪著她好好走。

選系

可以走出高三的低潮，其中一個最大的原因，是我終於看到了自己想要的目標。

那時認真研究了介紹大學系所的大本子，發現原來台灣有「昆蟲系」這種科系，實在是太開心了！

這根本就是我的系嘛！感覺進去以後就是抓蟲抓蟲抓蟲……（當然其實不是）。

畢業之後，也許可以當我夢想中的解說員。

而全台灣的大學中，只有臺大和中興大學有昆蟲系。

畢竟我對「臺大」還是有一些憧憬，決定就把臺大昆蟲系當做我的目標！

回家跟爸爸媽媽說了，他們也很支持我，所以第二天我去學校，又開心的向附近的同學宣布說：「我要唸臺大昆蟲系！」

有一個坐在我隔壁、平常都會跟我一起去後山找昆蟲的男生阿元，我以為他也會把昆蟲系當成第一目標，想不到他跟我說：

「蛤？你爸媽好好喔，我跟我爸媽說我要唸昆蟲系，他們跟我說：你唸那個要幹嘛？要抓蟑螂還抓蚊子啊！」

那時我以為他在開玩笑，後來才發現，原來很多爸爸媽媽真的是這麼想的。

他們覺得這種科系很冷門，沒有出路；他們會要求孩子做出父母覺得好的選擇。

然後，我才發現自己有多幸福。

每次我跟爸爸媽媽討論未來的選擇，爸爸媽媽總是跟我說：「沒有什麼絕對的熱門和冷門，熱門是你自己創造的～」

「當你在一個領域做到有自己的一片天，做到別人無法取代，你就會是熱門！」

這些話我覺得非常有道理，一直放在心裡。

所以當我知道昆蟲系超冷門，我真的很開心，覺得這一定會是我的熱門！因為我真心熱愛，又很少人跟我競爭，我會有好大的空間可以發揮～

我想把我看到的美麗生態世界，我發現的小動物的可愛，都跟大家分享。我也想著該如何把自己的興趣和現實結合。

我愛講話、愛分享、愛表演，可以把生態說得很有趣，可以去當解說員或老師。

我愛畫圖、愛寫作，也許可以設計什麼昆蟲產品，或是幫昆蟲的書籍設計封面、包裝，做文宣，甚至自己出書。

我的腦袋裡有很多可能性，很多我可以做得開心又可以發揮自己專長的可能性。

我沒有立下什麼很遠大的抱負，但是知道這樣的發展方向很多。

我覺得了解自己很重要，了解自己，就不怕跟別人不一樣了。

有了這個看得見又超想要的目標，我開始奮發唸書，後來真的讓我考進了臺大。

雖然差一分沒有進昆蟲系，但是後來也努力轉過去了～

謝謝爸爸媽媽給我的支持，那絕對是我振作起來最大的動力。

現在我也一直會想到，如果那個時候，我已經那麼慘，爸爸媽媽還要逼我去選擇一個我根本不喜歡的科系，那我真的不知道，現在的我會失落到哪裡去。

選系

「我決定了，我要唸臺大昆蟲系！」

聽到沁婕跟我們這樣說，我和先生一口水差點沒噴出來。

天啊，我的女兒真的是自我感覺良好到一個極限了⋯⋯

那時她被留級，轉學又唸成那樣，我們心裡想說可以成功畢業就不錯了，竟然跟我們說她要唸臺大⋯⋯

這種強大的自信心到底是遺傳到誰？？

但是看她眼睛都射出光芒了，我和先生當然也不會潑她冷水，只是笑笑的跟她說：「好好好，臺大好，中興也好！都好都好！」

雖然我們其實覺得她可能連中興都考不上，只是想鼓勵她，也稍微讓她知道沒有臺大沒關係，但是看她有了一個自己想要的目標，有了我們的支持，整個人真的很不一樣，衝勁全都來了！

她週末會很心甘情願的跟好朋友去唸書，有時還會跟我去學校的圖書館（以前她都說圖書館太安靜不適合唸書）。

對於要加重計分的生物科開始認真的重新做筆記；因為化學科也要加重計分，她每天拿著一本化學方程式走到哪都在背。

「嘖嘖，也許是我看走眼喔……」我笑著對先生說。

有同事問我說，真的不會覺得昆蟲系很冷門嗎？孩子的未來要怎麼辦呢？

想起以前，我的確曾經想過，是不是應該幫孩子選擇所謂「熱門」的路。

記得那時先生是公司電腦部門的主管，有時回來會跟我說，公司的哪一個部屬又出 trouble 了，大家都要為了他出的問題加班，浪費很多時間。

他說那個年輕人雖然讀電腦資訊相關科系畢業，但是看起來完全沒興趣，所以一點都不投入，也無法有動力精進自己，每天好像在混日子，出錯就擺爛。

這也讓我開始思考，就算唸了熱門的科系，如果沒有興趣，其實也是沒有競爭力，更何況沁婕的好惡那麼分明，從小要她做稍微不喜歡的事都很勉強了，不如讓她在喜歡的領域發揮，那效果一定會有天壤之別啊。

而我也看到愈來愈多人在所謂的「冷門」、甚至是完全沒聽過的全新領域發光發熱的例子。這些都讓我慢慢的改觀。

我很慶幸自己一直是個願意去調整自己想法的人，後來才有機會看到孩子在她熱愛的領域闖出一片天。

幾年前看到一個我以前教過的學生，是一個愛畫圖、喜歡花花草草的女孩，笑起來很可愛。
她的分數可以考上一所私立學校的設計系，她很開心的跟我說，我也很替她高興。
但是她的媽媽因為面子問題，想要她改選擇國立大學一個完全沒興趣的科系，結果進去後她極端適應不良，以前的笑容都不見了，後來甚至有憂鬱症，還出現自殘的行為。
最後折騰了一大圈，現在的她在花藝店找到一個喜歡的工作，有了穩定的心情和生活，而她的媽媽也在看到女兒經歷這些之後，才願意真正的放下，打從心底接受孩子的選擇。
雖然想到她走的冤枉路、受到的委屈，還是好捨不得。

我也聽過在北一女中任教的朋友跟我說，她到現在還是會遇到一些家長堅持要孩子走他們希望的路，學生只能向老師哭訴。
老師看到了學生的無力，很無奈的安慰她：「如果你真的沒有能量去向家裡爭取你想要的，也許就跟自己說，爸爸媽媽養了我十幾年，我就先為了他們唸書吧，等到我有能力去追求自己想要的，我

再去做。」說著說著滿是心疼。

到底是為什麼，應該是讓孩子最有安全感的家，應該是讓孩子最想親近的父母，跟孩子變成了世界上最遙遠的距離，回到家沒辦法說一句真心話，只能把夢想藏在心裡到學校跟老師說？

我一直覺得，在台灣這樣一個升學至上的環境下，孩子可以知道自己想要什麼已經是很不容易的事了，如果還得不到家人的支持，真的好辛苦。

如果可以得到家人的支持，一切，真的會不一樣。

大學 ①

現在回想起來，我的大學時光前半段，就是個愛交朋友的體育系孩子，跟一般的大學生，尤其是臺大的學生非常不一樣。

我一進臺大就參加了壘球系隊、救生校隊、籃球校隊，每一個活動都讓我好開心、超投入。但是課業的部分，真的很沒有歸屬感。

我差一分沒有考進昆蟲系，進了臺大農業推廣系。農推系的課程和很多大一共通必修課，都是我沒興趣的課。
我常常拿著課本走在校園，卻很少走進教室。

除了少數真的有興趣、教授也教得不無聊的科目，大部分的課程完全待不住。偶爾努力試著坐在教室裡，也坐十分鐘就後悔了。

我看著身邊每個認真聽課、認真抄筆記的同學們，都覺得我們是不同世界的人。

而我每天最期待的，就是練球時間趕快到，比賽時間趕快到。

平常我們女籃隊員會輪流擔任裁判，後來大家只要有事一定找我代班，因為我最愛吹比賽了，結果我根本每天都在吹比賽。

而且吹完比賽後可以想都不想的就蹺課，跟校隊朋友一起去吃飯聊天好快樂～

我小學一年級的時候，老師給我的成績單評語是：「對喜歡的事物充滿熱情，對沒有興趣的事物冷漠得令人擔心。」

我終於懂了為什麼冷漠會令人擔心……

其實這個感覺當然不太好，很多時候我也會有些慌，但是在這個自由自在的大學裡，讀書完全要靠自己。

我就好像一匹脫韁的野馬，完全照著自己無法控制的喜好在走，當然成績也就非常恐怖。

我總是記得每一個學期，我都會在成績出來的第一時間拿著學生證去教務處前面的電腦刷成績。

我的心每次都跳好快，握著學生證的手都是手汗，因為我每個學期都非常有被二一的本錢，而每次成績刷出來也真的都在剛好沒有被二一的邊緣，然後我就會在教務處走廊上握拳為自己喝彩，後面排隊的人應該都以為我拿到書卷獎了吧。

還記得大三的時候，我第一次嘗到 all pass 的滋味，還很開心的跟同學說我 all pass 耶！結果同學回我說：「怎麼了嗎？」

我才發現一般的臺大學生沒有人是不 all pass 的。

很多科目因為我很少去上課，不太認識班上同學，要借筆記都很難，有時候鼓起勇氣問到朋友的朋友有筆記可以借我抄，但是可以感覺到朋友和朋友的朋友投射來的眼光。

「這人到底為什麼都不肯去上課啊？」我猜他們是這樣想的。

那種無力，一般人真的很難懂。

大一時去看了醫生，確定我屬於注意力缺失過動症（ADHD）。

因為開始了解自己，也有藥物幫忙，很多方面有了一些改善，當然許多困難不會就這樣消失，還是要努力去面對，尤其我是一個要轉系的人，根本困難重重。

現在回想起來，我都替那時的我好擔心了。

有這樣的孩子，我的爸爸媽媽到底是怎麼度過的⋯⋯

大學 ①

很多人問我，看沁婕大學唸成這樣 2266 是什麼心情？

我想，可能高中時被她的留級嚇過吧，對於她大學時期的驚濤駭浪稍微有免疫力了，心裡就是覺得，我先做好心理準備，做我們做得到的。

沁婕剛進大學時，每天回來跟我們開心分享的都是各種和體育有關的活動，打球啊、游泳啊，講得眼裡都是光芒。

那時她爸爸還跟我說：「好像選錯了？是不是應該讓她去唸體育系啊？」

但是其實我們知道，如果她真的去考體育系可能也考不上，就是一個「樣樣行，樣樣都不行」。

大一時她是農推系，一心想要轉進昆蟲系，以她那種恐怖的成績，沒有被二一就不錯了，怎麼可能轉過去？

可是沁婕就是不顧一切的放棄農推系的課程，只修昆蟲系的課。

我跟她說你要不要保險一點，農推該修的要修，給自己一條後路？

她跟我說不用啊，農推系她一點興趣都沒有，所以無論如何她都一定要轉進昆蟲系。

在她的人生裡，從來沒有「後路」這種東西。她只看得到前面的路，而且都覺得前面一定有路。所以我也清楚，只要她沒有轉系成功，她是一定畢不了業的。

那沒有畢業要怎麼辦呢？我就開始想其他的可能性。

如果只有高中學歷，大概只能做一些操作性、事務性的工作吧，但是她最討厭繁瑣重複的工作，有可能踏實好好做嗎？

我也擔心她要怎麼跟老闆、跟同事相處。

以她的個性，只要覺得不合理的，一定會質疑，會直接說出來，語氣可能也不會好，應該做沒三天就會被 fire 了。

愈想怎麼好像愈無解……

大一時，沁婕去看了醫生，確定她是 ADHD。

我真的很感謝沁婕的姨丈，師大特教系的王華沛教授。在帶沁婕這一路上，都是他給了我好多珍貴的意見。

我常常跟他說：「三姊夫謝謝你，如果不是你，沁婕可能早就被我打死了……」

那時是他發現沁婕可能有 ADHD，拿了一本《分心不是我的錯》給我看，也介紹沁婕去看佑佑醫生。

在與醫生聊過也認真看了書之後，我發現我對沁婕的個性有更多的了解，許多狀況比較能釋懷，也更知道怎麼跟她相處。

還記得沁婕大學時，她去上學都要到林口長庚搭交通車，再換公車去學校。有好幾次她忘記帶錢，是跟路人借錢才能搭車，回來竟然還開心的跟我說：「媽媽，我跟你說喔，我就找一個看起來最友善的人，跟他借錢，就會成功！」

我跟華沛說：「天啊，竟然都大學了還要跟人借錢搭車……」

「至少她成功搭車去學校了啊，她又沒打電話回來請你幫忙。可以

解決問題的方法就是好方法！」華沛笑著說。

聽了我也笑了。對啊，她也沒要我幫忙。

轉換一個角度，心情輕鬆了不少。

有一次我剛好在電視上看到陳昇的專訪。我一直很欣賞陳昇，他提到以前的他也是 2266，跟家裡的關係很不好，但是後來他也很成功啊，過得開心自在。

突然覺得沁婕跟他好像，竟然就這樣給了我一些力量。

身為父母，擔心一定難免，但如果擔心沒有用，就少擔一點心吧。

她的路，是她自己在走的。

大學 ②

大三應該是我大學生涯的一個轉捩點。

現在想起來，應該也是我人生中很大的轉捩點。

我終於開始漸漸融入一個正常的大學生活，開始知道在大學認真唸書是怎樣的一個感覺。

我大三還沒有成功轉進昆蟲系，但是選到了很多有趣的課。

很多熱門的選修課、通識課，教授都會讓年紀大的學生先加簽，通常都是大三以上學生才加簽得到。

臺大因為科系很多，可以選擇的課程也很豐富，這時就真的覺得當時「選校」的決定是正確的，各學院開的課只要有興趣我都去修。

像是農學院的課程，我修了畜牧課，學怎麼擠牛奶、怎麼幫羊接生、怎麼幫豬配種，老師生動的教學讓我們聽得目瞪口呆。

我修了園藝課，認識台灣的各種水果，學習如何分辨好吃的芒果、如何讓香蕉熟成更香甜，跟媽媽上市場買菜時很好用～

我還有學種菜，每個禮拜親自下田種出屬於自己的各種蔬菜。
學期末最後一堂課，老師買了土雞讓大家用自己種出來的菜煮雞湯
喝，不但有趣、實用又美味～

而文組也有很多我喜歡的課程，像傅佩榮教授的「哲學與人生」。
他行雲流水的講解深奧的老莊思想，讓我們聽得如沐春風。
還有張小虹老師的「流行時尚與消費文化」，跟我們真正有興趣的
生活做連結，上課的時候都不覺得是在上課，只想聽更多～
我也修了朱偉誠老師的「同志文學」，我自己的性向讓我對這樣的
主題特別有興趣。看這些同志作家的文字，看他們在當時許多壓抑
的心情，就會覺得有人可以懂我，覺得自己並不孤單。

其實我很喜歡文學，那時高中選組的時候本來曾經猶豫該選一類組
（文組）或三類組（理化生物）。
但是台灣的文組著重的是記憶，要背好多歷史、地理、英文單字，
那些不是我喜歡的，我就選擇了自己考試比較擅長的理組。
但可以唸文學的感覺真好。
每個禮拜朱老師會選一本著作給我們讀，上課時就聽老師把更多文
字的細膩、作者的情緒、埋藏在文字背後的隱喻解釋給大家聽。
因為每個人對文本的理解與感受不同，老師就常說：「閱讀也是一
種創作。」
這種可以完全專心在美麗文字中的感覺讓我深深著迷，也是從那個
時候開始，我會主動寫下很多感覺，開始磨練我的文字。

至於比較困難的科目，就真的是靠朋友啦。
不是靠朋友幫我考試啦，哈哈，是靠朋友的督促一起唸書～

大三時，我也開始修很多昆蟲系的課。
那時認識了一個昆蟲系的學妹，她是我以前松山高中田徑隊的學妹，我是練跳遠，她是短跑。雖然以前高中並不熟，但是她的個性非常大方好相處，我在昆蟲系所有比較困難的科目都是靠她借我筆記，告訴我考試時間。
我們也會約著一起去抓蟲。

因為還沒真正轉系過去，跟班上大部分同學都不熟，有了這樣一個照顧我的學妹，一切真的順利好多。

我在昆蟲系的學分大概有一半是她幫我一起完成的吧。

真的要說，塗子萱，謝謝你！！！

我和女籃隊的隊員也愈來愈熟，大家考試前都會約好一起去唸書。

我們整隊各科系的高手都有，遇到不懂的地方可以互相請教、互相幫忙。

如果有人讀到不小心睡著，其他人就會把她搖醒（好像被搖醒的都是我）。泡杯咖啡、加油打打氣，又可以繼續撐下去。

在這樣的狀況下，成績也慢慢上了軌道。

大三的我很厲害的上下學期都拿到超過七十的平均分。

雖然七十分對臺大的學生來說算是很低，但是我已經頒給了自己最佳進步獎～

也是因為有這樣稍微像樣的成績，我後來才可能申請轉進昆蟲系，開始真正把熱情投入我未來想走的路。

大學 ②

看到沁婕的大學生活開始慢慢上軌道，收到的成績單開始不會讓我
們心驚膽跳，心情放鬆了不少。

其實她大一大二會唸成那樣，我真的可以理解。

大一大二的很多必修課，國文、歷史、微積分……完全是她沒興趣
的科目，到了大三，終於有一些她真正喜歡的課程。她常常回來跟
我們講得口沫橫飛，說今天又上了什麼好玩的課。

她的個性就是這樣，遇到喜歡的事整個人都會不一樣了，我們也只
能跟著擔心、跟著放心、跟著替她開心。

我一直很感謝沁婕大學的女籃隊友們，她們都是真正的好朋友。

那時沁婕考試前都會跟大家去其中一個朋友 Yo 家唸書，我很擔心
的問她：「你有沒有把人家家弄得很亂啊？」

「有時候襪子會忘記收好，還有……嗯……應該都有耶，哈哈！不
過，Yo 她們都會直接提醒我啦！」

這些小細節，我常常提醒她，但還是難免有凸鎚的時候。

聽到她跟朋友的互動，我知道這些朋友是真心包容她。有一次她要
考微積分，球隊學姊甚至還跟她回家熬夜教她。

沁婕是一個喜歡陪伴的人，朋友對她的影響很大，有這些正向的朋
友一起鼓勵，彼此影響，真的差很多。

她有一次還跟我說：「媽媽，我跟你講喔，本來社會學有一些理論
我覺得好無聊，唸不太下去，但是因為 Yo 中文不好，要我教她，

為了想教她，我竟然就認真唸進去了～」

「可以解決問題的方法就是好方法！」我在腦中又想起了華沛的這句話。

每個人的人生課題都不太一樣，也許就是找出適合自己的方法吧！

而大三的轉系，絕對也是沁婕人生的一個大關鍵，真的要再次感謝當時的昆蟲系主任洪淑彬教授。

沁婕每次跟我講到洪教授，還是會紅了眼眶。

記得那一天早上，我下樓看到沁婕剛掛上電話，轉過來竟然淚流滿面，我問她怎麼了，她跟我說昆蟲系的轉系規定沒有明確寫出轉系的標準，沒有說是轉系「前一年」的平均要超過七十分，還是轉系「之前」的平均要超過七十分。雖然她好不容易把大三的成績拼上了平均七十分，但是前三年的成績平均起來，她的分數還是很低，所以系辦不讓她過。

她跟我說，她剛剛鼓起勇氣打給昆蟲系主任，把她的情況說出來，希望可以為自己爭取一點機會；她還笑自己，竟然跟一個素昧平生的教授講電話哭成這樣，好丟臉。

看到孩子已經這麼努力了，真的很心疼，但是我想，這其實是我一直在沁婕身上看到的競爭力。

她勇於表達，勇於在合理的範圍為自己爭取，不管結果是什麼。

而她的真性情，果真打動了教授，讓教授看到她的努力和熱情，為自己爭取到這個實在太珍貴的轉系機會。

沁婕的求學路從來不平順，有時還崎嶇驚險，但是許多關鍵時刻，
她又可以化險為夷。

我一直覺得所謂「人各有命」，其實往往是人格特質決定一切。

我在沁婕身上看到，人生真的不是只有讀書、只有分數，一個人的
個性、人際關係、勇氣、耐挫力⋯⋯都深深影響著她的「命運」。

我也希望這些特質可以幫助她走過更多人生的關鍵時刻。

賺錢

我的個性非常好惡分明，喜歡的可以超級喜歡，沒興趣的就真的是一點辦法也沒有。雖然這樣的個性會讓我遇到一些困難，但是也讓我可以明確的知道自己什麼做得來、什麼做不來。

「了解自己」這件事，有些時候好像變成了我的強項。

剛開始當「昆蟲老師」的時候，一個禮拜沒幾堂課。

那時會花錢花時間讓孩子專門上生態課程的家長很少，熱門的大多是音樂、美術、體育之類的才藝課，所以如果我要靠當昆蟲老師吃飯，會餓死的。

但是我也從來沒想過要去公司上班這件事，以我的個性來說，要我過著完全服從、規律的生活，一定沒辦法。

我常跟朋友開玩笑說：「我如果去公司上班，應該上沒兩天就會想要殺老闆～」

他們回說：「拜託，是你老闆比較想殺你吧！」

哈哈，怎麼會這麼中肯？！

還好爸爸媽媽也了解我，從來沒有要求我去找什麼「鐵飯碗」之類的穩定工作。他們總是跟我說，可以養活自己都好！

所以那時除了上課的其他時間，我就去找自己喜歡的、時間彈性的工作賺錢。

像我喜歡畫圖，就找到一間賣彩繪昆蟲的公司，幫他們在動物園的昆蟲館或是綠色博覽會等各種活動現場彩繪昆蟲給民眾看，好增加買氣。

因為本來就很愛畫圖，也喜歡接觸人群，所以上班的時候就會超認真，會很專心的畫出各種自己都愛不釋手的超美昆蟲，而且很真心的向民眾推薦自己都愛的產品，銷售量也因此有了顯著提升，非常有成就感～

彩繪昆蟲公司的老闆很賞識我，對我很好，他們也會幫我接一些課，讓產品除了娛樂性之外也增添知識性。

魚幫水，水幫魚～

我也會去當籃球裁判吹比賽。

以前在大學時就常擔任學校系際盃的裁判，後來也去考了證照。

因為自己愛打球又精力旺盛，對於這種能一直跟著球跑來跑去順便欣賞球賽、可以健身又可以美姿美儀的好工作，怎麼可能不愛呢？

其實擔任籃球裁判可以學習到很多。像是如何站位，找到最佳角度去觀察全場的狀況；如何果決的吹哨，在緊張的時刻，做出明快的判決；如何和球員、教練溝通，掌控氛圍，讓人信服；這些都讓我覺得這個工作實在是太有吸引力了。

所以那時我常常騎著一台破摩托車上山下海，哪裡有比賽吹就往哪裡跑。

七、八月的時候在太陽下跑來跑去，那已經不是「揮汗如雨」，而是「揮鹽如雨」的狀態；因為汗一流出來就被曬乾，我一邊跑一邊從手臂上撒出鹽粒，實在是太酷了～

當時雖然整個人黑得跟焦炭一樣，卻甘之如飴。

記得有一次，我在中央大學舉行的全國大專院校資訊系籃球賽「大資盃」擔任裁判，因為那天人手不足，我從早上八點跑到晚上九點，完全沒有休息，一天整整吹了十四場籃球賽，賺到夠我兩個禮拜好好吃飯不用愁的錢。

但是回到家上樓時腳抬不起來，從樓梯上滾下來。爸爸媽媽聽到聲音跑出來，看到我跟一灘爛泥一樣趴在樓梯上，跟著我一起大笑。

做自己真正喜歡的事又可以賺錢，心裡很踏實快樂。

爸爸媽媽看我有這麼喜歡的工作，都很鼓勵我。

爸爸自己愛打球，常常跟我討論比賽討論得口沫橫飛，後來我甚至吹到了大專盃籃球賽女子一級的冠軍賽，有緯來體育台Live轉播，爸爸媽媽都在家看著電視幫我加油～

也是在這樣生活無虞的情況下，我可以繼續堅持著昆蟲老師這個選擇，很自由、很穩定的為我的夢想奔波。

賺錢

看到沁婕開始認真打工、認真上昆蟲課、認真彩繪昆蟲、認真吹比賽，真的讓我很感動。

其實真要說起來，我曾經最擔心的不是她能不能畢業，而是她有沒有辦法好好做事養活自己。

沁婕的金錢觀念很差，花錢比較衝動，興趣很廣泛，什麼都想試試看，卻又常常天馬行空。

到了大五大六，我們不再供應她生活費，她的生活開始捉襟見肘。

記得那時她跟我說：「媽媽，你好奇怪喔，我不去打工都畢不了業了，你還要我去打工……」

她也跟我們說，她的同學都靠爸媽的資助上研究所了，很多人還出國唸書，我跟她說，沒辦法啊，我們家的經濟能力沒辦法一直供養你，我們不要求你有多麼成功，但是最重要的是可以為自己的生活負責。

那時聽到她說她都吃滷肉飯，做媽的當然還是很心疼，但是我知道，如果她沒有經歷過這些，她沒有辦法學會踏實；沒有經歷過為生活努力，她會繼續天馬行空的做夢，不知道什麼才是一個負責任的決定。

沁婕第一次去幼稚園上昆蟲課，因為沒有經驗，把場面弄失控了，小小朋友聽不懂她講的話，整個亂七八糟。

那天晚餐的時候，她一下沮喪、一下卻又充滿鬥志的問了我好多好

多關於怎麼跟幼稚園孩子相處的問題，其實我很想笑，想到她小時候把老師弄得很慘，現在換她被小朋友弄得很慘，她應該終於可以體會自己有多難搞了……哈哈！

之後，她的教學只要遇到任何問題，都會回家跟我討論。
看到她每次問問題時眼中的熱切，她對各種不同孩子、不同狀況的好奇，我知道她並不只是想要混口飯吃，而是真正對教育工作懷有熱情。

她還去彩繪昆蟲，去當籃球裁判吹比賽。以前其實我不曾想過，這樣也是一種過生活的方式；畢竟總是會覺得「工作」好像就應該是一份穩穩當當的差事，但是她找到了一條適合自己的路。

沁妤和她就完全不同，沁妤喜歡穩定的工作，適合坐辦公室。

她跟我說：「如果要我跟姊姊一樣，整天跑來跑去，一定會好累又壓力好大，我沒有辦法……」

沁妤比較不喜歡無法預測的事，喜歡事情照著計畫走。

沁婕就跟我說：「如果要我像妹妹一樣每天坐辦公室，我一定會無聊死！」

她最不喜歡每天事情都差不多，沒有新鮮的事可以期待。

我真的生了一對非常不同的雙胞胎，哈哈，但是只要她們肯好好做事，爸爸媽媽都很開心。

在我們家，成功，就是把自己的生活過好。

人生是自己的，只有自己才知道自己到底要什麼，知道自己是不是真正快樂，而我在沁婕身上看到，如果有家人的支持，讓她沒有後顧之憂的去闖，當她真的有機會發光發熱的時候，她也絕對可以讓你刮目相看。

媽媽的菜

從小到大，想到家的感覺，就是一桌好香好溫暖的飯菜，全家人一口一口吃得笑咪咪，一邊說今天哪道超好吃，一邊分享今天發生有趣的事。

媽媽的拿手菜好多，我們愛吃什麼她就變出什麼，中式、西式、日式、中西合璧，還有各種自創菜色。有時候她看到電視上介紹，就會把食譜記下來；出去餐廳吃到好吃的，回家也可以自己做出來，還改良成更厲害的版本，真的是個烹飪天才！

平常我們在外面吃，有時明明吃得肚子好脹好油膩，晚上卻又會肚子餓想吃東西，但是媽媽的料理都用天然的食材、好油好鹽，吃起來很有滋味，清爽沒負擔，吃得好滿足都不用吃宵夜，就算吃好多也不會胖。

最令人感動的，是可以完全感覺到媽媽想看我們吃得快樂的心意，即使沒有客人來，她也使出渾身解數讓我們吃得開心。平常煮給家人吃的，跟有客人來時一樣豐盛。

每天每天，看到那一桌滿滿用心的飯菜，真的會感動到想落淚……

對媽媽來說，家庭永遠是她心中的第一位。她對名利很淡泊，覺得生活上的一切夠用就好，但是會把好的都留給家人；她不要求被看見，不用很多的掌聲肯定；她滿足於用心經營一個班級，讓班上每一個孩子快樂。而回到家，她是最棒的媽媽，用心陪伴著我們。

在我心目中，她是一個真正的身教實踐者。我們是好幸運的孩子，能擁有這樣的媽媽。

大學時開始搬到外面住，活動很多，會跟朋友到處去玩，媽媽總是笑笑的說：「你喔，出去像丟掉，回來像撿到。」我也笑笑的抱她一下。

她給我們很多空間，從來不會打電話來查勤問我們在哪裡、在幹嘛，但是如果我們打給她，她會跟我們說：「媽媽很想你啊，什麼時候回來給我們看，媽媽煮好吃的給你吃～」

所以只要有時間，我們就會想要回家找爸爸媽媽。

有一年媽媽生日，我畫了一張卡片給她。

我畫她穿著很 fashion 的女戰士裝，單手騎著太空飛車，另一隻手抓著一條線像放風箏一樣放著我們兩個女兒飛。

謝謝媽媽的超 fashion 智慧，給我們很大的空間自由自在的飛，卻讓我們總是想著她，想著家。

有了 FB 之後，每次媽媽煮什麼好料，我都會 po 出來。

她的手藝已經聲名遠播，現在變成我招待朋友、感謝貴人的最佳方式。只要我放在心裡珍惜的朋友、真心幫助過我的人，我都會邀請她們來家裡吃飯，請媽媽做一桌好菜。

很謝謝媽媽每次都爽快的答應！

吃飯的時候，爸爸也超可愛，會很認真的向客人介紹每一道菜，細心的看看誰夾不到太遠的菜，就趕快把菜換過去。

媽媽大廚則是笑咪咪的要大家多吃一點，不藏私的跟大家分享做菜小撇步。

我負責炒熱氣氛，我妹三不五時就出來吐槽爆我的料。

有朋友跟我說，在我們家吃飯，看到我們一家人相處的樣子，竟然想要落淚。

呵呵，我們家的餐桌，是帶給我最多美好記憶的地方，一口一口吃下的，是媽媽帶給我們的，最珍貴的禮物。

媽媽的菜

做菜一直是我的興趣，因為喜歡，也會去鑽研，所以樂在其中，尤其現在退休了，空閒時間多，加上食安問題日益嚴重，讓我更會慎選食材。

自己做菜，便宜美味又健康，可以把最好的帶給家人～

我們家隔壁有一家好棒的鄰居，阿婆和阿公他們種很多天然的蔬菜，因為要種來自己吃，所以完全不用農藥，平常他們都跟我們說：「快去摘啊，菜好多吃不完，想摘什麼就摘什麼。」所以我們家每天都有各種鮮摘蔬菜可以吃。

我現在料理蔬菜都用清燙，直接拌一點鵝油香蔥就清甜爽口，有時會加上各種菇類清炒，也常用阿基師教的小撇步，在鍋中放一些水和油加熱，加入蒜頭，再把青菜放進去燜一會兒拌熟，這樣好吃、清爽，又不會有油煙，對全家人都健康！

阿婆的菜園還有九層塔、蔥、蒜、辣椒，可以用來提味，什麼菜加了都色香味具全。

海鮮的部分，我會直接去林口的傳統市場挑。很多鮮魚，像是紅喉、黑喉、石斑等在海產店一隻要上千元，傳統市場一隻只要兩三百元，回家用大烤箱烤或是清蒸，原汁原味就好好吃。

平常在外面很少有機會吃魚，所以只要在家吃飯，我一定會弄一條魚，讓大家吃得過癮。

還有很多急速冷凍的透抽、蝦子，鮮度超棒。

看了一些報導才了解，其實急速冷凍的海鮮有時候比活的海鮮更

好，像是有些商人為了要讓大家在市場看到活跳跳的蝦子好增加賣相，因為從捕撈到運送的過程中蝦子很容易死掉，只好在水裡加抗生素，但是這對身體很不好。反而那些捕獲就冷凍的海鮮可以保持完整的鮮度。

我也會買回來就趕緊放進家裡的冷凍庫，需要時就可以取用，非常方便～

但是要注意不要泡在水裡解凍，讓甜度跑掉了很可惜。我都是沖一下水就直接開始料理。

透抽可以燙熟，切片沾哇沙米就甜得不得了，沁婕常一邊吃一邊跟我說：「噢，媽媽，我跟你說，外面連很貴的餐廳都吃不到這麼好吃的菜！」

蝦子可以清蒸，或是直接剝殼現煎加一點胡椒鹽就非常好吃，太多的調味料反而可惜。我做菜都喜歡呈現食材本身的原味，這樣不但健康又美味。

還有傳統市場有一攤當日現宰的溫體黑豬肉，生意超好，一定要一早就去，否則買不到。

牛肉我都去Costco買來分裝成小盒，一樣冰在冷凍庫很方便。

雞肉我們是吃嘉義舅媽養的放山烏骨雞，白斬煮湯都好好吃，加上現在我用網路已經得心應手，也常上網買有機、無毒的食材，比較過後再挑選最喜歡的下單。

看到自己做的菜讓大家吃得開心滿足，是做菜的人最大的成就感！

平常我們家都會邊吃邊聊天，有時沁婕肚子餓，會吃到連話都來不及說。

我問她：「這麼好吃喔？」她也只有空點頭，看得我一直笑。

這麼好吃哦？

從小到大，我看到孩子，最常問她們的問題就是：「肚子餓了嗎？想吃什麼？」

我希望孩子想到媽媽，會想到這些溫暖的感覺，想要靠近的感覺，我也常常提醒自己，不要看到孩子馬上想要提醒或糾正，否則孩子想到媽媽就只會想到：「厚！又要被唸了……」

當孩子漸漸大了，比較常在外面跑，我也希望孩子是主動想要回家，主動想跟爸爸媽媽相處。

我們平常當然也會想孩子啊，但是如果打給她們，她們剛好在忙，其實也沒有辦法好好講話，不如等他們有空的時候，想到我們，回家來可以好好聊聊，媽媽的好料總是隨時準備好～

很高興到現在我們跟孩子還是可以像朋友一樣無話不說，一起吃飯喝酒，一起分享很多點滴，一起開心難過，一起旅行，一起生活。這些簡單平凡的時光，是我努力追求的幸福。

昆蟲夏令營

2005年，我們開始在家舉辦昆蟲夏令營，總共辦了五年，一年比一年精彩，一年比一年受歡迎。

這是一段全家人一起努力、好難忘的時光。

活動前的場地布置，是由爸爸媽媽負責。

爸爸會用他從小種田比腕力都第一名的神力扛重物、除草、爬上樹鋸掉長太高的樹枝，媽媽用她的美感和巧手布置現場、綁遮雨棚、安排座位。

之後媽媽會用最當令的食材，設計五十人份老少咸宜的buffet菜單，大量的海鮮、肉類、蔬菜在兩、三天前就要開始準備。

活動當天一早，大廚媽媽就要跟二廚妹妹開始忙著做菜，全家人簡單的吃過午餐，我就出發去臺北帶隊。

媽媽繼續忙到下午步道導覽前，把後續交給妹妹，萬能媽媽又趕到羊稠步道變身自然老師跟我一起帶導覽，帶小朋友一起看蝴蝶、蜻蜓、螳螂、金龜子……等等各種夏日的昆蟲和小動物。

我是昆蟲老師，媽媽是賞鳥和植物專家，我們兩個合體就無敵了！

這時候，爸爸已經在院子裡準備五十人坐的小桌椅，點上蚊香，等著大家光臨。

導覽結束前媽媽又趕回家，請爸爸從冰箱抱兩顆大西瓜出來，在院子現切大西瓜，讓一回到我們家滿身大汗的大小朋友們，可以冰涼涼甜入心的大口吃西瓜，大家都蹲在地上吃得滿手黏膩膩好滿足～

吃完西瓜，我在院子陪小朋友玩，讓大人們看著孩子開心的樣子，吹風放鬆～

不久之後，好菜上桌！

有隔壁阿婆家的絲瓜和肥美的蛤蠣煮成的清甜蛤蠣絲瓜湯。

有隔壁阿婆家當日現採新鮮綠竹筍做成涼筍沙拉。

黃昏市場的鮮甜透抽清燙後不惜血本切得厚厚、鋪得滿滿，一上桌就被搶光光。松阪豬淋上蒜蓉醬油就是超開胃的高級蒜泥白肉。

媽媽的獨門好菜——燉得香嫩入味的番茄牛肉，每次都讓大家回味無窮。

還有孩子最愛的焗烤起司通心粉，再加上舅媽灌的黑豬肉香腸烤得

香噴噴。

最後是以大骨和鮮筍熬的竹筍湯，連不愛喝湯的孩子都會喝光光～
超豐盛花園 buffet，讓大小朋友吃得不亦樂乎，這時媽媽大廚就會
出來見客，接受大家的讚美和愛戴。

小朋友塞了滿嘴的食物，跟我們說從來沒吃過這麼好吃的夏令營餐
點，很多家長馬上跟我們預約明年全家還要再來。

看著媽媽一下是生態老師，一下又要拿起鏟子當大廚，忙進忙出從
來不喊累，心裡是好多的佩服和感動。

而妹妹二廚每次都會跟我強調她是「純內場」，因為她其實很害怕昆蟲。

她常跟我說：「我知道你的昆蟲教學感動了很多人，但是目前並不包括我！」

哈哈，沒關係，這種事講求緣分啦～

所以每次她端菜出來的時候，都會放好菜就趕快進去。有的小朋友看到大人就會以為是老師，抓著她說：「老師老師，你可以幫我把這隻蜥蜴頭上的蟋蟀抓下來嗎？」

「沒有辦法喔！」說完她就進去了，留下一臉錯愕的小朋友。

這時我會馬上接手，跑過去跟小朋友說：「老師在這裡！」
哈哈，辛苦了我們的純內場二廚，謝謝你平常辛苦工作，假日還來幫忙當會被昆蟲包圍的廚娘～

吃飽飯天色暗下來，我們就在涼爽的院子，介紹昆蟲老師養的各種珍禽異獸們。
世界最大的超帥赫克力士長戟大兜蟲、溫柔的球蟒蛇球球、呆呆的鬆獅蜥蜴辛巴、好乖的毛蜘蛛乖毛，小朋友都看得嘴巴開開的，家長的相機閃燈不停閃，好像在開記者會。

這時爸爸已經走進我們家旁邊的黑暗樹林裡點燈。
他掛起一塊白布，把水銀燈接上電線，讓白白亮亮的光線照射在白布上吸引夏夜的昆蟲。等到一切就緒，我跟媽媽就帶大家拿著手電筒，聽著蟲鳴，走進夏夜的黑暗中。
走到了滿滿昆蟲的發亮白布前，大家都發出驚呼：「哇～～」
白布上滿滿的昆蟲耶，有紡織娘摩擦翅膀發出清脆的聲音，獨角仙好壯碩，扁鍬形蟲裝死掉在地上，亮晶晶的金龜子，各種顏色造型的蛾類爭奇鬥豔。

小朋友都看傻了眼，這時爸爸就默默的站在白布旁微笑看著大家，等結束後還要整理現場。
看著他可靠的身影，總是覺得好安心，然後吹著涼風，大家心滿意足的走回遊覽車，唧唧喳喳開心說著今天有多好玩，一路開回臺

北，下車後還捨不得的一直揮手跟我說掰掰，說明年還要來！

後來因為太忙了，也覺得真的讓家人太累了，我們沒有繼續在家裡
辦昆蟲夏令營，但是每年還是好多大小朋友會問起，還有沒有那個
「去昆蟲老師家吃超好吃晚餐的超好玩夏令營」呢？
這是一段現在我們全家講起還是會覺得又累又值得回味的回憶。

昆蟲夏令營

2005年，沁婕的昆蟲老師工作剛起步，偶然的機會下，我們開始在家裡辦夏令營。

說實在的，辦活動非常累，壓力也很大，但是想到對女兒的事業有幫助，就決定拼了去做，一家人一起工作也是很難得珍貴的經驗。

很多人跟我說我好厲害喔，都退休了體力還這麼好，一場活動忙下來又要準備、又要做菜、又要帶導覽，還要善後；但是，真正最累人的都不是這些，而是心裡的壓力。

夏令營報名事務是我負責，我們接受網路或電話報名，報名的人會給我他們希望報名的梯次順位，光是要協調每一梯次的人，就很傷腦筋了。

人數要控制在40~50人，因為我們收的報名費每個人是固定的，人數太少會不敷成本，人數太多我們位子又不夠。

大部分家長其實都很友善好商量，但是偶爾也會遇到一些不講理的人，弄得一肚子火。

記得有一次，有一群親子想包團，我們已經很明確的在規定上寫「四十人以上可成團」，但是他們人數不夠，只有三十幾個卻堅持要開一團。我婉轉的跟他們說沒辦法，想不到那位與我聯絡的媽媽竟然很不客氣的說：「吳媽媽，我告訴你啦，不要這麼愛錢！」

聽了整個無言，我宋慧勤什麼時候要被人指著鼻子這樣說？

但是此時心裡也暗暗慶幸，好險不是沁婕接的電話，否則一定會大吵起來。

我忍著氣跟她說抱歉，人數不足真的不敷成本，雖然知道是她不講理，還是要壓抑自己的情緒盡量平靜的回覆。

沁婕的事業才剛起步，我所能做到的就是與人為善，不要造成不必要的困擾。

天候因素也是一個很大的壓力來源。

有時看氣象預報，降雨機率五十，不確定到底該不該取消，但是食材三天前就要開始準備，有幾次食材都買好了，當天卻下雨。

我們用的食材都很棒，成本很高，也只能自己吸收，然後全家人就要一起吃好幾天夏令營的食物，好吃都吃到不好吃了……

還遇過營隊辦到一半，大家正在花園享用晚餐時下大雨，只好急急忙忙把食物都端進家裡。

還好我們家滿大的，大家可以在一樓和二樓席地而坐用餐。

也感謝參加的家長都很體諒我們，看到我們全家淋得滿身溼、忙進忙出，雖然得擠在一起用餐，卻沒有人抱怨。

很多人還會主動來幫我們端盤子、搬桌椅，笑著跟我們說：「我們運氣好好喔，可以進到昆蟲老師家！」這種時候真的覺得很窩心。

事後有一位媽媽寫訊息給我，說她看到我們全家人這樣不分彼此的幫忙，心中很溫暖，她們家要每年都報名，只為了感受這樣溫暖的氛圍。

活動過程雖然忙，但是我很喜歡看沁婕帶隊的樣子，看她信手捻來，每一隻昆蟲在她手上都變得好有趣。

看她和孩子相處，她真的有一種魅力，可以吸引住孩子的目光。

她不善 social，但真誠直率的個性反而讓家長很喜歡她，我也跟著欣賞她的風采。

這是我的女兒耶，那個不久之前還在讓我擔心的女兒，當起昆蟲老師整個人在發亮，大人小孩都目不轉睛的盯著她，這是做一個媽媽最驕傲的時刻啊。

我們的夏令營因為口碑很好，一年比一年熱門，沁婕的昆蟲老師之路，也在這幾年愈來愈穩。

有一年五月，她問我：「今年的夏令營要開始招生了嗎？」

看她的課其實已經很足夠了，我問她說：「今年讓爸爸媽媽休息一下好嗎？」

「很累喔？我還以為你們也喜歡大家一起賺錢～」她一臉不好意思的說。

「喜歡大家一起賺錢，但是更喜歡好好放暑假啊，還不都是為了我親愛的女兒！」我笑著摸摸她的頭。

「對不起啦，我不知道會讓你們累成這樣……以後都休息了！」說完她抱了我一下。

謝謝貼心的女兒啊，看到你的努力，看到你一步一步站穩腳步，爸爸媽媽就可以放心的享清福了。

辛苦都是值得的。

女朋友

大學時期，我有一個穩定交往的女朋友，C。那時我們在永和租房子一起住。畢業後開始工作，她搬進了我家，在我們的可愛小木屋裡一起生活。

每天早上媽媽會最早起床，那時她還沒退休，幫大家弄了早餐之後，七點就出門去學校。

早餐總是很豐盛，饅頭起司蛋、肉鬆蔥蛋餅、蔬菜豬排三明治……各種中西式愛心早餐前一晚就開放大家點餐，每個人都有一份。

之後爸爸開著一輛車，載我們一起去臺北，下班又一輛車載大家一起回家。

回到家一進門就可以聞到香味，媽媽已經快準備好晚餐，最後一道菜等我們進門熱炒上桌，大家一起吃飯聊天。

C比較內向，不習慣在大家吃飯的時候主動說話，但是爸爸媽媽會夾菜給她，問她今天過得好不好啊？她就很可愛的慢慢回答幾句。

吃飽飯大家一起收拾，一起嘲笑我有多不會做家事，我就負責搞笑和繼續被笑，換取一點可以偷懶的機會。

飯後，C和我妹都需要一些甜點，她們會從包包拿出各自喜愛的餅乾、蛋糕、巧克力。

看兩個夢幻女孩一起分享心愛的甜點，講到眼睛都瞇了起來，超級可愛，哈哈。

洗完澡後，我和C進房間，看電視聊聊天，為明天的工作做準備。我們兩個在一起的時候總是有聊不完的話，覺得只要擁有對方就可以好快樂，那段日子是我人生中好美好的一段時光。

我一直好謝謝、好謝謝我的家人，這樣的照顧C。

媽媽總是逢人就說：「這是我的乾女兒，漂亮齁～」

爸爸每天看到C都會親切的笑著噓寒問暖，雖然有時候問過的事他會忘記，又再問一次，哈哈！

妹妹想到什麼C喜歡的東西，就會帶回來跟她分享，還會跟要好的同事說：「我姊很帥，她女朋友很正喔～」

不管什麼時候，想到我的家人這樣對待我的女朋友，都會感動的好想哭。

後來我跟C因為一些問題，在一起七年後決定分手。
那時有一些事情我們沒有對彼此坦誠，一段感情走到最後，沒有辦法處理得很好。
我記得剛開始，我對C做的一些事不太能諒解，情緒很多，悶在心裡沒有跟家人說，直到有一天，媽媽問我怎麼看起來不太開心，我才忍不住在她面前哭出來。
媽媽抱著我，我看得出來她的驚訝和心疼，畢竟他們是這樣看著我們一起走了七年。
我跟她說了很多我的情緒，我心裡解不開的結。那一刻，我覺得自己又像個小孩。
我永遠記得，媽媽紅著眼眶，抱著我說：「她不是故意的……C不是故意的，相信我，好嗎？……她就是個善良的孩子，你們都是善良的孩子。」
我發現自己已經泣不成聲。原來我一直好想要有人跟我說，她不是故意的。
謝謝你懂，謝謝……

可不可以離開了，但是保留心中那些美好？
可不可以原諒了，但是，我不愛了？

一個禮拜後，我決定暫停工作，去巴黎唸書，那時妹妹已經接
下GPS公司的工作在世界趴趴走。

記得那天她人在挪威，上skype丟我，我們開了視訊。

「你要去法國囉？」一說完她就哭了。我才知道，媽媽把事情跟她
說了。

其實平常我跟妹妹不太會聊感情的事，她就是我可愛的妹妹。我們
會開心分享生活，但是不太習慣跟她聊我的感情。

看到視訊那頭的她為了我哭成這樣，我突然笑了。

現在不是我分手嗎？哈哈，怎麼好像是你分手啊？

笑一笑我也哭了，去哪裡找這樣的妹妹啊，可以把我分手弄得像你
分手……

謝謝你為我流的眼淚，我知道，雖然我不常跟你說，但是你都懂。

謝謝我的家人們，你們總是懂。

我從來不是一個人。

女朋友

十幾年前,當我們在蓋我們現在的家的時候,爸爸跟我就想著,讓女兒的房間在三樓吧。

因為我們家在鄉下,整層樓的空間夠大,三樓的兩間女兒房間可以是各自不干擾的寬敞空間,以後如果女兒有對象,要住在家裡也沒問題。

我覺得如果孩子大了,要跟我們住在一起很好啊,重點是大家要覺得舒服、愉快,不要有勉強的感覺。

大學畢業後,沁婕就跟當時交往穩定的女朋友C一起住在家裡。

沁婕和C,一個個性比較活潑外放,一個比較內向溫和,雖然偶爾有些小摩擦,但是也互補的挺可愛的。

其實我覺得,父母看待孩子的對象、感情,一定難免會和自己的想法有不同的地方,畢竟我們都是不同的人,本來就會有不一樣的感覺,所以我不會用自己的標準去看待孩子的感情觀或對象,也不會讓自己去替他們多擔心什麼。

有時候沁婕會跟我說:「媽媽,C比較害羞,不太會跟你們表達她對你們的感謝,但是她都有跟我說,她很喜歡你們,很謝謝你們對她好喔~」

「爸爸媽媽都知道啊。」

「我是在想,我們好像應該要更懂禮數,更懂得表示我們的心意,讓你們感受到。」

「如果你真的覺得需要,可以帶著她一起做啊,而不是把問題丟給

她，跟你比起來，她畢竟是外人，你是我們親生的女兒，如果都沒辦法做到了，怎麼能要求她要做多少呢？」

C 跟我們的相處比較被動，我知道是因為個性的關係，畢竟這也是她第一次跟不同的家庭一起生活，很多事還在學。我把她當成自己的孩子，就比較可以站在她的立場看。

一直以來，只要是我的孩子生命中重要的人，我也會把她當做我生命中重要的人。

我覺得我把孩子在意的人照顧好，她就會開心，會少擔一點心。

我愛我的孩子，我也會愛她們所愛。

後來我從沁婕和C的相處中看到了一些狀況。

但是感情是自己的事，如果孩子沒有主動跟我說，代表她覺得沒有問題。就算以我們的經驗看出了些什麼，我也不會主動講，除非她先問我。

我會問問自己：如果我講了，就能讓事情往好的地方發展嗎？

當我們急著要說，最後的結果往往就是孩子覺得你不認同她。

而她選擇什麼都不說，這絕對不是我想看到的狀況。

有時候真的要沈得住氣，讓孩子願意把事情跟我們說，只有我們的關係是親近的，才有可能幫得上忙。

看她們這樣一路交往下來，七年的時間，我知道分手一定很痛，很捨不得。

抱著懷裡哭到顫抖的女兒，我也跟著掉淚，但是當她可以心平氣和的、不再帶著強烈的情緒跟我說出她的感受，我既心疼也欣慰。
我知道她可以慢慢復原，好聚好散一直是媽媽覺得最重要的事。

做自己

常常有人問我：「你為什麼要把自己弄得像個小男生呢？」

其實，我只是喜歡自己帥帥的樣子，而剛好這樣很像大家認知中的「男生」。

我並不想要「變成」男生，也不是在「模仿」男生，我喜歡自己是個帥帥的女生。

雖然常常會被誤會，但是我只是做我自己喜歡的樣子。

從小我面對這些不解和質疑，爸爸媽媽總是輕鬆幫我回答化解。

家庭的支持，是讓我可以自在做自己最大的動力，但是很多事情，我還是要自己去面對；不理解，往往伴隨而來的是不友善的對待。

大學的時候，我們女籃隊員常常在學校擔任臺大盃女籃賽的裁判，記得有一次吹到一場比賽，場邊加油的一群男生，很大聲的指著我笑說：「那裁判根本是男的吧！為什麼女籃會有男的？哈哈哈！」

他們不停用我完全聽得到的聲音，開著這個非常無聊的玩笑。

我很生氣，也很難理解怎麼會有素養這麼糟的大學生；我不知道為什麼自己要受到這樣的侮辱，但是我是裁判，必須完成這場比賽。

所以我在那一群男生的嘲笑聲中，跑了一個小時，把比賽吹完，雖然每一次比賽停下來的時候我都很想把球砸在他們臉上走掉。

有一年暑假，我去應徵一個理化補習班的助教老師。大熱天的我因為要參加面試，特別穿了長褲和襯衫，結果走進補習班，負責面試的老師一看到我就皺著眉頭說：「你頭髮為什麼剪這麼短？」然後拿了一本講義給我，要我上台試教。

我拿著講義一個人在空蕩蕩的教室開始試教，那位老師連頭都沒抬起來看我。

我渾身發熱，但是為了一點賺錢的機會，還是硬著頭皮講下去，直到她揮手叫我停。

離開前她終於正眼看了我，那個眼神，讓我覺得自己好像做了什麼傷天害理的事。

那時的我，沒有能量去面對，也沒有能力去改變，我能做的，是不要讓這些事影響我太多。

我知道我並沒有做錯事，我知道這個世界無法總是像我們希望的一樣，如果改變不了，我選擇多花些時間在我喜歡的地方。

也許是因為經歷過這些，我常常提醒自己，絕對不要輕易的用自己的喜好，去批判別人的生命，那也許是我們無法輕易判讀、無法輕易理解，但是一樣勇敢、美麗的生命。

現在每當我上課跟小朋友說：「小朋友，昆蟲老師頭髮很短，但是我是女生喔！」

小朋友會問我：

「背上為什麼有畫圖？」

「腳上為什麼有顏色？」

我可以跟他們說那是我的刺青。

看到很多家長在一旁微笑看著我，這些笑容，我很珍惜，我知道這有多麼得來不易。

我們都要提醒自己，尊重跟我們不同的人好嗎？

衷心的希望，每一個美麗的生命，都可以自在的做自己：）

做自己

記得沁婕才小學一年級的時候,有一次在學校走廊上,我看到一個中年級的男生對著她說:「你是大笨蛋!」

當我還在想著這個狀況該怎麼辦的時候,她大聲的回他:「我不是大笨蛋,我是吳沁婕!」

我笑了出來,哈哈,好棒的回答。

看到孩子有能力去處理自己遇到的不友善的狀況,媽媽好開心。

這個回答比我想得到的任何方法都好,這也是我很希望孩子可以擁有的能力。

我是吳沁婕!

從小當孩子在學校被誤會,或是跟人起了衝突,回家跟我說,我會仔細聽她們說,接收她們的情緒,讓她們知道我懂她們的感覺,但是我會盡量避免跟著表露出傷心或生氣的情緒。

當家長也跟著情緒激動，孩子會真的覺得他遇到了一件很糟糕的事，他會真的很傷心、很生氣，這樣其實對事情沒有幫助。

我會跟孩子說：「怎麼會這樣呢？一定是那個人不了解你。」

「沒關係，我們做我們自己，知道自己沒有錯就好！」

要讓孩子知道問題不是出在自己。

我們不可能遇到每個人都了解我們、對我們友善，懂得看清問題不在自己，不讓別人的錯誤影響自己的情緒，這一點很重要。

有時一些衝突也許只是因為誤會或不了解，我們當然可以表達我們的想法，可以捍衛自己，但是不要把它看得太重，這樣很多事就不會放在心上，也不會讓自己煩惱、難過。

像我就不太喜歡用到「歧視」這類的字眼。

當我們用到「歧視」兩個字，其實就讓自己的立足點不平等了，也容易讓自己處於弱勢、委屈的角色，忘記自己的力量。

沁婕的外表像個小男生，從小的確會遇到一些親戚朋友問我為什麼要讓她打扮成這樣？不怕被認成男生嗎？

我會笑笑的回答：「做自己很好啊，被認成男生會怎樣嗎？」

當對方看到我的態度很堅定，不會受影響，通常就不再問了。

如果遇到真的比較白目的人，還要繼續問下去，我會很明確的把話題岔開，讓他知道我不想再講，或是乾脆直接面對。

有一次，我的一群老朋友來家裡吃飯敘舊，沁婕當時剛好在家，其中一個朋友竟然直接對著沁婕問：「你都沒有男朋友喔？沒有要結婚嗎？」

我馬上過去摟著那位朋友的肩跟她說：「厚！你不知道你這種問題，是最不受年輕人歡迎的第一名嗎？」

接著就把她帶開。

事後沁婕跟我說：「媽媽你好讚，幫我把白目阿姨帶走！」

我跟她說：「其實我也很怕你直接嗆她耶，哈哈！」

這樣不但可以讓孩子知道父母是跟他站在同一邊，也可以化解掉可能更難收拾的衝突。

聽過很多年輕人說因為親戚愛問東問西，弄到後來他們都不太想回

家，我們真的要提醒自己，有些熱心留給自己就好。

我知道沁婕會因為她的外表和性向遭遇到一些不一樣的困難，但是我很喜歡她的態度：如果不喜歡，就試著去改變；如果改變不了別人，至少我們可以改變自己。不是要改變自己想要的樣子，而是改變自己的心境，做我們可以做的。

世界上最浪費力氣的事，就是一直抱怨而不做改變。

看到沁婕有這樣的智慧，看到她還可以帶給別人力量，我也從她身上學到了很多。

出書

當作家好帥喔！

感覺就是每天坐在漂亮的咖啡廳沈思，有空就帶著 notebook 去旅行，有時吃點起司、喝點紅酒取悅自己，有靈感的時候就喀答喀答輕敲鍵盤，很自由的、很優雅的，就寫出一本書了。

這根本是世界上最棒的工作啊！

高中和大學時，我曾經對於作家有著這樣不知道正不正確的憧憬。

雖然我本來就愛做夢，不過也知道這個夢想真的算是比較遙遠。

當作家如果有這麼容易（還要是可以不賠錢的作家），大家都去當作家啦。

大學時，部落格開始盛行，很多部落客因為經營部落格有了人氣，有了出書的機會，愛寫愛畫的我也想試試看。於是我用自己上課時遇到的一些有趣故事，開始在部落格上寫起了「昆蟲老師的教學日誌」。

一開始很不錯，我一股作氣的寫了……五篇，覺得自己真厲害，五篇圖文並茂的好精彩。

朋友的反應也都不錯，說好有趣喔，圖也畫得可愛，然後就沒有繼續了……

總是需要立即回饋的我，沒有很多耐心慢慢經營，看那些人氣部落客每篇文章閱覽人數動輒破萬，底下滿滿的迴響，而我的文章閱覽數只有 10、20 之類的（只經營五篇到底是想多 popular？），留言板也好空曠，讓我很快就沒動力了。

就這樣，這個遙遠的夢想又跟著我沒動靜的部落格一起擺了幾年。

朋友間偶爾閒聊提起：「你真的很會寫，很會畫啊，要有耐心，要持續發表作品，慢慢經營。」

完全只是聽了心酸的，沒有動力就是沒有動力。

直到有次，經營出版社的學生家長看到我的幾篇作品，決定找我試試在他們的雜誌《探索》做生態的圖文連載。

有了每個月要交稿的壓力，有了一個會專門認真催我的編輯，我竟然真的一篇一篇生了出來。

看到自己的圖文有模有樣的在雜誌上連載起來，好感動啊！

但是我還是想要一本自己的書，我想把自己一路跌跌撞撞、有笑有淚但現在過得很幸福的過動人生寫出來、畫出來。

我想出一本溫暖的圖文書，很快樂、很真摯，讓大人小孩都感動。

結果老天好像聽到了我心裡的聲音。

一間新的出版社「策馬入林」找上了我，跟總編輯一談即合，開始朝我的第一本書之路邁進。

接著我又是充滿幹勁、一鼓作氣寫了五篇之後，動力就用完了。

那時還很天才的想著：「好想趕快出書喔，五篇可不可以出啊？這五篇很精彩耶！……這樣一篇一篇寫是要寫到什麼時候？……」

在一次偶然的機會下，我把文章給好朋友 Judy 看，她非常喜歡。

愛看書的她，看各種類型的書，對文字的感覺很細膩。她會告訴我她很喜歡哪一句，甚至哪一個字；在我寫得不順的時候，一兩句話就點醒我，讓我突破盲點。

我們就這樣開始每天用 skype 討論文章。

她的情感很豐富，看到好笑的地方會笑到岔氣，看到感動的地方會在螢幕前流淚，這些直接的反應都是對我最大的鼓勵。

就這樣寫一篇、討論一篇，不知不覺在半年間，我這個拖拉王竟然
就要完成一本書了，完成一本在我腦中拖了好多年的書。
隨著修稿、校稿、編排、設計封面、討論新書發表會場地……
馬不停蹄的，一切好像真的要發生。

2012年9月1日《More Than Wonderful 我的過動人生》上市發行。
我真的，成為一位作家了。

出書

「昆蟲老師」這個工作愈來愈穩定，沁婕也開始嘗試向不同領域伸出觸角。

當她有想法的時候，常常會跟我們討論，而我給她的建議就是：順勢而為。

有一些家長建議沁婕可以找場地，自己開一間才藝班。

我們討論過後，覺得當時她的主要客群在東區、信義區，租下一個場地費用負擔很大，這會是個不小的壓力，加上她其實對於理財、人事都沒有經驗，也沒有興趣，不太適合這樣貿然的把時間金錢投下去，不如就帶著昆蟲們到處上課，輕巧無負擔～

也有人建議沁婕，可以培養一些種子老師，讓教學版圖擴大。

但是她說她就是喜歡教學啊，喜歡自己去上課，直接看到孩子和家長的反應，是她上課最大的動力。

想到要把這些工作交給別人，也許上課的感覺就變了，還要煩惱人事管理；如果幫種子老師接課，她又不想抽他們佣金，因為覺得他們上課很辛苦；如果種子老師想要自立門戶，她也不想阻止他們，那這樣到底為什麼要培養種子老師呢？

每次看她講到這件事，講著講著眉頭都皺起來了，我發現這已經變成了她的壓力。

「那就不要啊，做你真正想做的！」

「那我這樣會不會太沒有企圖心了？」

「我一點都不這樣覺得，了解自己比較重要，不要找自己不擅長的事情來讓自己煩惱。」

聊完她笑了，說她最近都在煩惱自己是不是太不積極。

我對她說：「媽媽常說順勢而為，就是希望你可以衡量自己的能力來做事。」

順勢而為不是消極，而是了解自己，在自己可以發揮的地方積極。

面對不同的事情，我們都可以不設限、去尋找、勇於嘗試，但是重要的是，隨時用心去感覺這件事是否適合自己，是不是超過了自己的能力，隨時做修正。

不要畫下很大的藍圖，變成了壓力；不要衝動去做風險太大的事，把自己的人生給打亂了；更不要因為「積極」兩個字而埋著頭去拼，卻把時間精力耗在「達不到目標」造成的挫折和煩惱上。

真正的了解自己，這樣的積極，才有方向。

真正的了解自己，這樣的安逸，也快快樂樂、心安理得。

這是我們家的人生哲學，看來沁婕也滿喜歡的，不再這麼煩惱了。

後來她跟我說她想寫書，自己嘗試了在部落格做圖文連載，我跟她說很好啊，去試試看。

我一直覺得沁婕的文筆很生動，雖然小時候她不太愛寫作文，但是真的要寫的時候卻可以信手捻來。

記得她小學三、四年級的時候，有一天回家，她跟我說到今天寫的作文，她竟然可以一字不漏的把整篇記得清清楚楚，我就發現她真的有文字方面的天分。

大學時，她在BBS上有個人版，開始常寫文章，有一次沁妤把一篇沁婕寫的文章給我看，我竟然看到掉淚。

平常我是個滿理性的人，可以被沁婕的文字打動、落淚，我也覺得好驚訝，加上她本來就愛畫圖，如果想往出書這方面發展應該很不錯，而且寫作不需要什麼成本，她有穩定的工作，就算出不成書也沒關係。

想不到因緣際會下，受到開雜誌社的家長邀請，她開始在雜誌連載文章，也因為雜誌的連載被看見，有了出書的機會。

「媽媽知道你可以的！」切了一盤水果上樓給沁婕打打氣，埋著頭努力的她抬起頭給我一個微笑。

那時她每天沒課就好認真的窩在家寫稿、畫圖。

我對出書這方面不太了解，幫不上什麼忙，但是我可以給孩子我的信任，讓她更有信心去做。

加油！，我們一步一步來，有實力就會被看見！

出書後

出書後每天起床第一件事就是上網查博客來的排行榜，然後經過每一家書店都會跑去巡看自己的書。

可能因為是新手作家，出版社也沒有響亮的名氣，我的書一開始被擺在書櫃角落，看起來好可憐。

但是後來我的故事在FB上被看見，很多人喜歡，轉發分享；還有很多讀者到書店詢問，大家還幫我努力催促沒上架的書要進書。

一週後，我的書竟然直接空降金石堂最受矚目排行榜，誠品也把它改放在熱門新書區。

很多看了書的人在FB上和我們分享心得，有媽媽拍下孩子拿著我的書看得津津有味的樣子，說她的孩子沒有這麼認真看過一本書。

有爸爸說，書買回去後，大家每天在吵誰先看，只好再買兩本。

有貴婦說，她在髮廊燙頭髮，一下看到淚流滿面，一下又大笑，結果鼻涕都噴出來了。

有老師說，他看了這本書，覺得班上小惡魔好像瞬間都變成天使，是他的教學大補丸。

有高中生看了跟我說，她曾經有想要的目標，但是不敢堅持，這次她決定要為自己勇敢，不管結果是什麼。

每天每天，都在FB上看到滿滿的迴響，一字一句真摯的迴響，這是身為作家寫一本書最大的快樂。

那陣子每天都好亢奮，超喜歡逛書店，看著自己的書站在書店的書架上，真的感動到想落淚。

我從高中就愛泡在書店看書，但沒想到有一天，我的書也會站上書

店的暢銷排行榜。

那時亢奮到晚上都睡不太著，黑眼圈有點大，我去找佑佑醫生聊聊，問她這樣好嗎？

她跟我說：「年輕人，just enjoy it！」

後來開始有好多媒體採訪，《美麗佳人》、《親子天下》、《蘋果日報》、《東森新聞》、《TVBS——一步一腳印》……。

還有《公視——誰來晚餐》要來拍攝我們家的生活。

《公視——誰來晚餐》的工作人員好認真，花了很多時間在我們家拍攝，從夏天拍到冬天。

一開始還覺得好好玩喔，每天的生活都有人跟拍耶，但是後來開始覺得有點累，一早起床本來還睡眼惺忪，熊熊想到是不是有人在拍我？是不是要趕快去換衣服抓頭髮？房間是不是被我弄太亂了？

突然好像懂了明星被狗仔跟拍的感覺，哈哈！

但是一家人一起被拍攝真的也是好棒的經驗。

到最後要開出心目中的來賓名單時，我們家四個人的名單各有特色，我希望是張懸、蔡健雅；妹妹想要陶子、Janet；爸爸想要陳昇來陪他喝酒唱歌；媽媽欣賞有智慧的蔡英文。

當時聽到媽媽說希望邀請小英蔡英文來我們家，我還笑說：「小英怎麼可能會來啊，如果她真的可以來我會昏倒。」因為小英也是我的大偶像！

想不到，小英真的來了。「誰來晚餐」專車的車門一打開，我們全家嚇到花容失色，把小英都差點嚇回車子裡！

媽媽做了一桌超豪華拿手菜招待我們全家的偶像。

我們和偶像一起吃飯喝酒，問好多想問的問題。小英好親切，有問必答。

我帶小英參觀我的蟲室看甲蟲，披我的球蟒蛇球球，摸蜥蜴，到我房間跟我討論怎麼用逗貓棒跟貓咪玩。

我們和小英一起拿著我的書合照，怎麼好像在幫我助選的感覺？

一切都跟做夢一樣啊！

出書前，一直幻想著出書後可能會有一些神奇的事發生，好像真的發生了。

出書後

「我的女兒要紅了耶！」

看到《More than wonderful 我的過動人生》受到歡迎、登上書店排行榜、受到很多曯目、接受採訪，真的很開心。

沁婕的書真的很好看啊，不是媽媽在老王賣瓜，她寫出了一本好棒的書！

我很喜歡沁婕的文字，不華麗，卻很生動、細膩，很有畫面，能進到人的心裡。

這種功力是我覺得最難得的，我相信一定可以打動很多人，加上她很有特色的插圖，一拿到書我自己都停不下來，看了好幾遍。

不只書店通路銷售長紅，很多學校團體也直接找我們訂書，我和爸爸每天忙著搬書，拆封，疊好給沁婕簽名，載去郵局寄送，家裡的客廳疊滿了書，好像變成家庭代工廠。

雖然很忙，但是想到每賣出一本書，就多一個人認識我的女兒，都是在增加她未來發展的機會，就一點都不覺得累。

沁妤也幫了好大的忙，她辦事一向俐落有效率，加上在公司的好人緣，光是在公司裡就幫姊姊賣了幾百本書。

她每天除了自己的工作，還要忙著登記、收款、交書，午休時間都不能休息。

沁婕說太感謝妹妹這個金牌業務員了，送書過去時特別買了妹妹最愛的下午茶甜點外送給她。

看到她們這樣姊妹情深，沒有保留的為對方付出，爸爸和媽媽都好感動。

其實出書前，沁婕就滿心期待，整天說要大賣大賣。她最不缺少的就是信心。

我們當然也希望她的書可以賣得好，總是跟她說：「爸爸媽媽對你有信心！」

但是銷售這種事，有時候是很現實的，所以我們也做好心理準備，如果賣得不如預期，可能要陪沁婕走過一段小低潮，畢竟這是她期待了這麼久的夢想。

現在看到一切比我們預期的還順利，當然也跟著開心。

其實最讓我們高興的，不是她的銷售量多少、賺了多少錢，而是那種看到女兒靠著自己的努力，實實在在得到這些成果的感覺。

我可以非常驕傲的大聲說：「我的女兒好棒，這些都是她努力得來的喔！」

這樣很嗨的狀態持續了一段時間，我發現沁婕的心情有時會跟著書店排行榜有波動，得失心比較重。

我跟她說：「你還年輕，放輕鬆，不要急。其實，不要衝太快，一步一步上來，才有機會享受箇中滋味；才有空間，去練習面對患得患失的心情。」

「媽，放心啦，我是你帶大的耶，心智能力很強大的！」她邊說還

跟我挑了個眉。

哈哈，這句話怎麼這麼有說服力，是我擔心太多了吧！

OK，那就像佑佑醫生說的：「Just enjoy it！」

(No) Ending

出書之後，開始有了演講的邀約。

其實我很喜歡演講，我愛講話、愛分享，又是個人來瘋，看到人多就開心，特別喜歡大場面。

但是以前沒人找我演講啊，不知道哪來的自信，就覺得如果有人找我演講，我一定會講得很好！

後來有學校找我去演講，媽媽也跟著一起來。

記得那時第一次表演了我媽如何對我殺球，台下家長大笑，媽媽一臉尷尬苦笑，哈哈！

講到媽媽那次失控打我，跟我說：「你教教媽媽，我到底該怎麼教你……」很多家長紅了眼眶，媽媽也跟著默默擦眼淚。

小時候的事情還歷歷在目，好像是昨天的事，現在我長大了，那些笑和淚都變成了可以鼓勵大家的勵志故事，這樣的感覺好奇妙、好美好。

我的演講愈接愈多，場面也愈來愈大，除了學校的教師研習、親職研習，我也開始接國中小和高中的演講，甚至是大學的講座和通識課。想到以前唸大學時都蹺課，現在竟然要來大學當講師，實在是太酷了。

不過我非常有信心，我的課一定不會讓學生想蹺！

有些全校性的演講是一兩千人的大場次，每次演講完，全場聽眾熱烈的掌聲，那種震撼，讓人雞皮疙瘩都會起來，只能一直一直揮手跟大家說謝謝。

很多學生聽完演講後到我的 FB 留言，跟我說：

「這是我聽過最好聽的演講！」

「這是我三年來第一次沒有睡著的演講！」

「謝謝昆蟲老師，如果你來我們學校當老師就好了，我一定會很認真上課！」

出書兩年多，我已經演講超過兩百場，很多經驗觀察下來，我發現男生女生喜歡的不同，大朋友小朋友愛聽的也不一樣。現在我已經

練就可以流暢的轉換語言頻道的能力，從三歲小小朋友到九十歲阿嬤都可以輕易溝通。

小時候愛講話、愛炒熱氣氛的功力，想不到竟然有一天派上用場。

我的書也一本接一本的寫下去，真的變成我夢想中的作家，而且是不會賠錢的那種暢銷作家，哈哈！

我的文筆和插圖受到肯定，所以後來又出了《昆蟲老師上課了！吳沁婕的超級生物課》，用昆蟲老師最生動有趣的方式介紹昆蟲和各種小動物。

這本書小朋友超愛，還有很多大人說看過也開始愛上昆蟲了。

之後出了《勇敢做夢吧！：不走都不知道自己有多厲害》。

我很愛旅遊、愛攝影，可以寫旅遊書根本就是太夢幻的一件事啊！

而且這本書真的是喝著紅酒、吃著起司寫出來的～

可以為自己的內心寫作，寫所有想寫的內容，而且知道以後還可以一直繼續寫下去（因為真的都賣得不錯啦！），就好像得到了一張作家認證。

讓我可以放心，以後的日子還有好多期待。

而且我的生活好快樂喔，怎麼會這麼快樂？

上課、演講都是我最愛做的事，沒課時就找間喜歡的咖啡店寫作、畫畫，自由自在。

我還是愛打球，又學了衝浪、滑雪，讓我可以發洩過多的精力，維

持好身材～

我平常認真賺錢，想要出國旅行就自己排個假，在粉絲專頁上開「昆蟲老師的旅遊生活頻道」邊旅行邊分享。

我自己去了冰島環島，跟爸爸媽媽一起去西藏，好多好多讓人想哭的壯闊美景，讓我拍了好多好多可以一輩子珍藏的相片。

雖然我沒有賺大錢，沒有豪宅名車，但是這樣的生活，我已經不知道我還有什麼可以不滿足。

然後啊，媽媽變得好熱門，她也接到好多邀請去演講，分享「如何不被死小孩氣死」這門高深的學問，而且大受歡迎！哈哈！

親愛的媽媽，如果沒有你的包容、你的智慧，沒有你的好眼光挑到這麼好的爸爸，沒有你們的好基因生出這麼棒的妹妹，我可以百分之兩千確定，現在的我會是個死得很徹底的死小孩。

我絕對願意為你寫一本書，把你帶給我的一切，帶給大家。

希望你不要太紅，我還是想吃你煮的菜喔！<3

(No) Ending

「媽媽可以去聽你的演講嗎？」

可以問女兒這句話，你都不知道我有多開心～

我就坐在角落，看著我的女兒在台上侃侃而談。台下的聽眾跟著大笑，跟著落淚，竟發現我也跟著擦眼淚。

我很享受欣賞沁婕演講的樣子。以前只看過她上昆蟲課，聽了她的演講之後，真的打從心裡的佩服，任何事情從她口中講出來，好像都變得不一樣了。

她有很不一樣的思考模式、細膩的觀察、特別的觀點，還有很棒的幽默感。

整場演講兩個小時毫無冷場。

我拿出筆記，記下我女兒精彩的字句。

記得沁婕小時候，她的阿排姨丈就說：「小婕以後要有個祕書，因為她是個思想家，不是個執行家。」

我笑說：「還不知道她賺不賺得到錢咧！」

但是看到現在她在台上發光的樣子，我知道阿排姨丈說得沒有錯。

「出一張嘴」如果出在對的地方，也是很厲害的啊。

我們可不可以試著看見孩子的興趣，看見孩子的天賦，去支持、鼓勵他，讓他把時間花在增進他的強項，而不是耗在他最弱的部分？看著沁婕演講時可以讓全場一兩千人都被感動，那演講完隨身碟忘記帶走好像真的沒什麼關係。

她可以在亂七八糟的房間裡寫出一本書、兩本書、三本書，那以後找不到東西，或許就來請個祕書吧！

後來，我也接了演講，從現在開始，我想我要習慣「沾女兒的光」這件事。大家都叫我「昆蟲媽媽」，因為我是昆蟲老師的媽媽，有很多人都是聽了沁婕的演講之後決定找我來跟大家分享「師姐的智慧」，哈哈！

每次演講時，看著台下好認真的家長們，下了班或放假日還特別趕過來學校聽講，讓我想起以前的自己。
沁婕還小時，我們可以聽到的演講好少，所以每次只要有機會，我一定排除萬難跑去聽，很認真做筆記，渴望可以得到多一點點資訊，讓我更了解孩子一些。

有的家長甚至從南部遠道而來，演講結束後等大家都離開，眼眶紅紅的來跟我握手說謝謝。
她謝謝我讓她覺得不孤單，謝謝我帶出了一個好棒的女兒讓她看見希望。
我沒有多說什麼，只給了她一個擁抱。

謝謝我親愛的女兒寫了這本書，媽媽現在已經是用書迷的態度來欣賞你的作品了。

沁婕跟我說：「媽媽，我覺得這本書出了之後，你會變成很多人的偶像！」

哈哈，謝謝你，我相信，不是自我感覺良好喔～是因為，這是我女兒寫的啊！

媽媽以你為榮！

出櫃

吳沁婕

我是女生，我喜歡女生。

曾經問過佑佑醫生：「醫生，你支持我出櫃嗎？」
她回我說：「你長這樣需要出櫃？」
哈哈，怎麼這麼中肯！
（照我妹的說法是，應該沒有瞎的都看得出來……）

我喜歡女生，就像我喜歡昆蟲，喜歡寫作，喜歡打球一樣，
它就是我生命的一部分；
我喜歡女生，就像你喜歡男生，他喜歡女生一樣，
是一件很自然的事。
那為什麼我需要說出來呢？
因為我們都知道，還是有很多很多的不一樣，在這個世界上。

一路上，我因為外型、性向遭受到不理解、不友善的對待，
都很幸運有家人的支持，
這絕對是我現在自信勇敢的最大原因，
但是還是有很多人沒有這樣的幸運。
我看到我的好朋友因為擔心父母難過，
兩個相愛的人再也不相見；
看到我身邊的朋友因為家裡不認同，
跟應該是最親近的家人不說一句真心話。
有太多太多這樣的故事，就在我們身邊；
好多美麗的愛情，必須躲躲藏藏。

但我們也只是簡單的希望，可以牽著手接受大家的祝福，
可以親口對心裡最在意的人說：「這是我愛的人，我們渴望
你們的祝福，我們跟每個人都一樣。」

所以今天，如果我有一點點的影響力，我都會努力，
除非等到有一天，這個世界上再也沒有「出櫃」這件事，
在那天來到之前，我們都還需要努力。

很喜歡我媽在書中的一段話：

其實，喜歡男生喜歡女生有什麼差別嗎？
照著世俗的眼光走，難道就一定幸福美滿？
從小在傳統的家庭長大，
看過太多的壓抑、無奈、無解的問題。
當年還曾經親眼看著我的好友被先生家暴，我氣到發抖，
懷著九個月的身孕擋在她前面對她先生大吼。
相愛、相處、離開，是每個人一輩子的課題。
我最希望的是孩子可以擁有面對傷心、處理情緒的能力，
擁有愛情的智慧，這樣不管她喜歡男生或女生，
我想，我都可以放心了。

而我只想說：爸、媽、妹妹，謝謝你們，
不管什麼時候想到你們，我都可以感動到落淚，
你們是我的驕傲，謝謝你們，陪我一起勇敢。

為什麼一定要一樣
昆蟲老師吳沁婕與媽媽的非常真心話

作者／吳沁婕・宋慧勤

主編／林孜懃
編輯協力／李家宜・盧珮如
封面設計／謝佳穎
封面照片攝影／吹吹 Tristen Huang
內頁設計／文皇工作室
行銷企劃／金多誠、鍾曼靈
出版一部總編輯暨總監／王明雪

發行人／王榮文
出版發行／遠流出版事業股份有限公司
地址／104005 台北市中山北路一段 11 號 13 樓
郵撥／0189456-1
電話：（02）2571-0297 傳真：（02）2571-0197
著作權顧問／蕭雄淋律師
輸出印刷／中原造像股份有限公司
□ 2015 年 9 月 1 日初版一刷
□ 2021 年 9 月 10 日初版六刷

定價／新台幣 320 元 （缺頁或破損的書，請寄回更換）
Ylib─遠流博識網 http://www.ylib.com E-mail:ylib@ylib.com

國家圖書館出版品預行編目（CIP）資料

為什麼一定要一樣？：昆蟲老師吳沁婕與媽媽
 的非常真心話 / 吳沁婕，宋慧勤著.-- 初版.
 -- 臺北市：遠流, 2015.09
  面；　公分

 ISBN 978-957-32-7695-1(平裝)

855   104015485

我頭好大（右），我妹好可愛，那時裙子短到站著都可以曝光了。

最愛你了，my dear sister. <3

我是花童，但是為什麼我要被穿成這樣來這裡撒花瓣？

→ 跟爸媽一起去西藏旅行。

→ 跟媽媽一起聊天散步，我們一直是無話不談的好朋友。

↑ 妹妹拍婚紗，球蟒蛇、鬆獅蜥
來助陣。謝謝你一直心甘情願
當我的昆蟲妹妹。

← 偽龍鳳胎。妹妹出嫁前最後
一次打架。

↑ 愛衝浪。

← 一個人的旅行，
冰島環島。

→ I love my life.

↓ 新書發表會,謝謝你們一路的支持!

←↓ 我的演講人生。

↑「虎媽殺球」重出江湖。

謝謝你們，陪我一起勇敢。